# 本草诗话

# 根

杜严 著

清华大学出版社

北京

**图书在版编目（CIP）数据**

本草诗话 . 根 / 杜严著 . — 北京：清华大学出版社，2023.11
ISBN 978-7-302-64867-3

Ⅰ . ①本… Ⅱ . ①杜… Ⅲ . ①诗集—中国—当代 Ⅳ . ① I227

中国国家版本馆 CIP 数据核字（2023）第 215267 号

责任编辑：孙　宇
封面设计：傅瑞学
责任校对：李建庄
责任印制：丛怀宇

出版发行：清华大学出版社
　　　　网　　　址：https://www.tup.com.cn，https://www.wqxuetang.com
　　　　地　　　址：北京清华大学学研大厦 A 座　邮　　　编：100084
　　　　社 总 机：010-83470000　邮　　　购：010-62786544
　　　　投稿与读者服务：010-62776969，c-service@tup.tsinghua.edu.cn
　　　　质量反馈：010-62772015，zhiliang@tup.tsinghua.edu.cn
印 装 者：北京嘉实印刷有限公司
经　　销：全国新华书店
开　　本：165mm×235mm　印　　张：15.25　字　　数：160 千字
版　　次：2023 年 11 月第 1 版　印　　次：2023 年 11 月第 1 次印刷
定　　价：99.00 元

产品编号：101236-01

## 沃土根深抱初心

　　那一日，在省委党校的校园里邂逅了《本草诗话·根》的作者杜严，一位清淡素雅的女子，是南阳医学高等专科学校深受学生爱戴的老师。世上杜姓是一家，杜姓发源于周朝杜伯是尧舜后裔，后虽经朝代战乱迁徙，不管岁月如何更替，一代一代的杜姓后裔弘承着忠厚、良善、热忱的优良品质。

　　耕读传家，胸怀天下。千百年来，一代又一代的先贤祖训不曾湮灭，融入血脉，代代相传。在中华民族文化的传承和发展中，一直滚滚向前，生生不息。往小了说，杜姓深受"安得广厦千万间，大庇天下寒士俱欢颜"的影响。往大了说，有天下为公的传统情怀，他们"居庙堂之高则忧其民；处江湖之远则忧其君。"这种忧乐精神，让他们立足现实，"春种一粒粟，秋收万颗子。"扎根土地，深耕农田，春种秋收，养家糊口，善待乡邻，但他们报效国家的信念一刻也不曾停止。如同树木深埋于土的根须，等待时机，等待春风化雨，就破土拔节、迎风生长，成为林木，成为栋梁，为国家、为民族和社会的进步竭尽肝胆之力。杜氏族人的这种品行和风格，在杜严身上得到充分体现。

　　温和纯净，敬畏职业，心怀学生，这是一位优秀教师的品行。爱生如子，同学生做朋友，走进学生的心中，她是一位陪伴者、助梦人。一线上课、钻研业务、学研实践、申报课题、编著教材，使知识得以更广阔的使用和广泛传播，她的理想就是能让更多的人受益。她热爱教学，几十年如一日教书育人，默默耕耘，如扎根大地的树木厚养根深。

　　研读本书，有四个特点：

　　一是鲜活的传承性。习近平总书记在中华文化传承发展座谈会上提出，传承才能发展。该书以精透的语言描绘多学科的客观存在及关联性、以完备自成体系的诗话表达融合普惠。继承弘扬中华优秀传统文化与中国药材学、思政教育与汉语言文学的原创性贡献，其科普性价值已经在教育教学实践中得到充分印证。

二是鲜明的思想性。两百多首充满自然、人文精神元素的诗话，坚持以热爱生命为中心的思想导向，形成为人民群众、青少年所喜爱、肯定、认同的本草科普文学。这一本草科普文学植根于中国的历史、民族、文化，是我们不断铸就中华文化繁荣发展的一分子，值得宣扬。

三是鲜亮的创新性。创新，是人类进步发展的动力源泉，创新在研学、解决问题中不断丰富。这一重要创新理念在《本草诗话·鼓》《本草诗话·根》中通稿贯用，在新时代文化建设中勇于实践，敢于实践，展现出强大的敬畏生命的文化张力及实践创作。

四是鲜艳的时代性。紧紧把握时代发展的脉搏，用充满生命情谊的文字解读时代，陪伴、引领青年学生理解时代，开创新时代，用宽广的大视野吸收一切优秀文明成果，博采众长，灵动跳跃，必将随着新时代的文化实践更加丰富、丰厚。

活根永生，厚植中华沃土，壮根生长，枝繁叶茂。萌蘖于世，诗话几语，辩证阴阳，守正固本，普惠润泽苍生。

杜思高

2023 年 10 月 16 日

---

杜思高，中国作家协会会员、河南省作家协会理事。出版诗集《荷花开在夏天深处》等作品四部，获奖数十项，入选多部文选。

# 前 言

## 一切为了热爱

《庄子·齐物论》："且有大觉，而后知此其大梦也。"不知不觉，六月人间，白驹过隙，恍若一梦天。以文化人，滋兰书蕙，已从茹毛饮血的远古呼啸而过。

不管是中国文学史，还是医学史、哲学史，都记录着我们中华民族的繁衍生息，它们是中华民族精神传承的无价瑰宝，是浇铸中华各族人民内心的史诗。去年《本草诗话·鼓》的出版，今年再续写《本草诗话·根》，我一直尝试挖掘中华优秀传统文化的精神内核，创新中华传统文化的表述，用诗歌的方式将中药学、中国语言文学、思想政治教育元素交叉融合，打破了传统诗词的常规。

中华文明沃土上，一代又一代人持之以恒书写着中医药文化发展的文字，延绵着生生不息、源远流长的思想之火。历史跨越了千年中医药文化成长的风雨涅槃，阅尽人间疾苦、世道苍颜。一代代人接力传承发展五千年中华优秀文明、文化，感谢我们遇上了这个伟大的新时代，唤醒文化，呼出自信，守好传统中医药文化滋养华夏民族的生命根魂。中华民族之气象新、格局新，文化根脉丰盈，引导我们走向更美好的未来。

陶行知先生的教育名言："捧着一颗心来，不带半根草去。"静待花开，百草润泽，唯有热爱！我根植教学一线实践的本草园、百花地，一直奔赴教书育人一线，当透视自省，沉浸于本草诸物生命之花，流光溢彩。陪伴青春的孩子们，一起追光，一路芳华，低吟岁月如歌，璀璨流年。

杜 严

2023 年 6 月 18 日

# 目 录

## 二　叶花呓语　79

## 三　果种奉生　138

## 四　节气行运　　　203

一

根茎托情

# 1 长卿①

种子长圆崇阳坡，
根貌细辛叶柳薄。
纸质对生针线形，
叶间黄花角触摸。
秋采挖除去尘杂，
阴干淡黄白棕膜。
微小纵皱数须根，
瘟疾蛊疫皆削剥。
外纤柔美内藏志，
六卿之首家族望。②
义侠扶威救危难，
草药郎中出急方。
那年有帝被蛇伤，
仁医千古同名扬。③

**注释**

①长卿：萝藦科、鹅绒藤属植物徐长卿的干燥根及根茎。味辛，性温。归肝、胃经。别名"鬼督邮"等。见《本草纲目》："上古辟瘟疫有徐长卿散，良效。"《神农本草经》中列上品君，可治蛊毒、疫疾、温疟等症。

②中国古代有六卿制度，长卿是六卿之首。

③据传，徐长卿生在中国唐朝，是一位草药郎中。太宗李世民打猎惊动一条毒蛇被咬伤。幸被徐长卿用草药驱毒，遂赐名。

## 2 黄芪①

本是阆苑一仙侠，
误伴烟雨凡尘下。
前世饮得净瓶水，②
长在人间镇魔牙。
举陷升阳品性温，
补脾益肺功效佳，
通瘀活络能伏虎，
利水消肿诛龙甲。
血海沉浮乾坤定，
升降独得两全法。③
祛邪扬眉剑出鞘，
金刚怒目斩罗刹。④
汤鼎刀斧甘若饴，
满身正气定万厦。

**注释**

①黄芪：豆科，黄芪属。性微温，味甘。归于脾、肺经。是国家三级保护植物，传统常用大宗中药材之一。始载《神农本草经》。以根入药，具有补气固表、利水退肿。民间百姓常食用且有防病保健作用。

②净瓶水：净瓶为观音大士宝物，文字记载瓶中水有回生还阳之功。此处意指黄芪沾仙气有了灵性。

③两全法：指黄芪对血压具有"双向调节"作用。

④罗刹：佛教指恶鬼，此处代指病魔。

**3 萱草①**

夏秋采草须茎良，
洗净干根入药详。
清热利尿凉血止，
腮腺黄疸乳炎痒。
怒放橘黄花葶长，
放下烦扰忘忧去，
晨开暮凋不争香，②
母亲花语爱徜徉。③
灿灿曳曳吐芬芳，
萱堂辛苦为儿忙。④
悠然独秀自挺拔，
花儿微小雅净藏。
无言迟晚胜金菊，
仁和宅厚代代昌。

**注释**

①萱草：百合科，萱草属。味甘，性凉。归于心经。又名黄花菜、金针菜、鹿葱、忘忧草、忘郁、丹棘、疗愁等。又名谖草，谖是忘的意思。见《诗经·卫风·伯兮》："焉得谖草，言树之背。"朱熹注曰："谖草，令人忘忧；背，北堂也。"又称"忘忧"，见《博物志》："萱草，食之令人好欢乐，忘忧思，故曰忘忧草。"

②花葶：地上无茎植物从地表抽出的无叶花序梗，形似花茎而非花茎。

③数千年前中国就有了母亲花萱草。古时游子远行前，到母亲居住的北堂前种植萱草供母亲欣赏，以表孝心，祈福亮丽的萱草花带给母亲精神慰藉，忘却思子的忧愁。

④自古以来，中国以孝治天下，人们尊父亲为"椿庭"，尊母亲为"萱堂"，用"椿萱并茂"比喻父母长寿安康。

**4 人参①**

喜地疏松水气莽，
向阴湿润利生长。
强壮滋补稳血压，
平复心脏体质刚。
祛痰健胃增兴奋，
殷润元气脾肺张。
真如人身寻觅难，
护脑去乏理气畅。
百草之王留誉赞，
东北三宝驰中外。
紫团峰上拜名参，②
山顶紫气团如盖。
神草上品众君志，
春风一梦五叶开。③

注释

①人参：五加科，人参属。味甘、微苦，性平。归于脾、肺、心经。别称棒槌、地精、山参、神草、血参等，见《神农本草经》列为上品君，"人参，味甘微寒。主补五脏，安精神，定魂魄，止惊悸，除邪气，明目，开心益智。久服轻身延年"。

②《名医别录》中记载"人参生上党山谷及辽东"。"东北三宝"指中国东北地区的三种土特产，"旧三宝"指人参、貂皮、乌拉草；"新三宝"指人参、貂皮、鹿茸，均有人参且置首位。

③据《潞安府志》记载，宋代前，旧产人参名"紫团"。

5

藁本①

野生山坡林沟上，
半阴半阳水润朗。
草丛温情过生活，
植株直立一米长。
秋春采挖洗泥沙，
晒晾烘干气浓畅。
辛燥苦麻散湿寒，
祛风止痛效力彰。②

头痛皮炎腹疼身，
鬼卿有功常坐镇。
温香味窜品质豪，
感天阳来涌动渗。
冰肌骨健香露晶，
唯有清心写本真。③

**注释**

①藁本：伞形科，藁本属。性温，味辛。归于膀胱经。别名香藁本、藁茇、鬼卿、地新等，入药部位系其干燥根茎和根。8～9月开花，10月结果。

②藁本具有祛风散寒、除湿止痛的功效。

③冰雪般肌肤、强壮体魄需要如藁本一样的物润天泽，更需要清净的心灵保持纯粹的本质。

**6**

秦艽①

河滩草坡水沟堤，
根茎皱纹绞着挤。
草丛蛰伏慢慢长，
悄然无声紫花迷。
植株貌颜辫麻花，
利尿滋阴镇痛疾。
祛风除湿血经舒，
口眼不遂清热痹。②
秦川山水千年地，
始用秦纠秦艽奇，
秦统六国纠结起。
助力将士英勇气，
无问寒热新久积，③
活血荣筋良健体。

**注释**

①秦艽（jiāo）：龙胆科、龙胆属植物，多年生草本。性苦平，微寒，归胃、肝、胆经，以根入药。又名秦瓜，秦纠，麻花艽等。

②秦艽可用于风湿痹痛、中风半身不遂、筋脉拘挛、骨节酸痛、湿热黄疸、骨蒸潮热等。

③见本草记载"今出经州、娜州、岐州者良"。李时珍指出，"秦艽出秦中，以根作罗纹相交者为佳，故名秦艽"。

**7**

防葵①

茎叶酷葵葱花放，
二月生根桔梗状。
天地河谷山川长，
三月三里采根忙。
木香黄芩配适量，
伤寒动力清热肠。
益气填精镇胀慌，
除逆散结腹满恙。②

葵花虽微眯眼笑，
挺起骨节不慌张。
发奋足慰莫惆怅，
癫痫邪疾消惊狂。
守得身健心明亮，
功名利禄随风扬。

**注释**

①防葵：双子叶植物药菊科植物防葵的根。味辛，性寒。入肺、肝、脾、胃、肾五经。释名见《名医》：一名房慈，一名爵离，一名农果，一名利茹，一名方盖。

②始载《神农本草经》。久服坚骨髓、益气、轻身。一名梨盖。生川谷。

**8**

# 重台①

立冬时节采挖季，
茎叶须根洗沙泥。
日曝翻晾防冻心，
皮细支肥干燥提。
津伤痛肿泻便秘，
夜寐不宁自盗涕。
甘微苦咸嚼柔润，
目赤温毒除瘰疬。②
根圆柱形羊角质，
谖草百媚初绽立。
春雨开叶明艳照，
玉挺气韵芳瑞溢。
风情轻拂寒里去，
任尔东风三更泣。

**注释**

①重台：玄参科植物玄参的根。别称玄台、鹿肠、鬼藏、馥草、玄参、山当归、水萝卜等。味甘、苦、咸，性微寒。归肺、胃、肾经。

②见明代李时珍《本草纲目·草六·蚤休》："重台、三层，因其叶状也。金线重楼，因其花状也。"具有清热凉血、滋阴降火、解毒散结功效。用于温毒、目赤、咽痛、白喉、瘰疬、痈肿疮毒等症的治疗。

# 9 白芷①

溪旁灌丛山林缘，
草本高大根柱圆。
二八月间根暴干，
根气浓味微苦怨。
茎枝叶种均可用，
活血止痛风寒缓，
稳压除湿肌肤容，
痛疖肿毒香料源。
伏牛白芷吐芬芳，
和着艾香寻楚原。②
白河流水穿云和，③
飘飘荡荡湘水远，
烟云散漫青山长，
魂魄迷人圆心愿。

**注释**

①白芷：伞形科，当归属。味辛，性温。归于肺、胃经。又称香白芷，见北宋范仲淹《岳阳楼记》"岸芷汀兰，郁郁青青"。芷："白芷，一种香草"。见《荀子·宥坐》："芷兰生于深林。"

②楚原：此指屈原，亦可指远游一族，乐山乐水的旅人。

③白河，即淯水。见《方舆胜览》："枣阳有白水，即白河。"《一统志》："淯水，在南阳府城东三里，俗名白河。"云和：古山名，见《周礼·春官大司乐》"云和之琴瑟"。

# 10 乌头①

草乌野生毒性强。

乌鸦之头得名扬，

神似戴帽喇嘛像，③

以毒攻毒吉凶藏，

附子天雄漏篮长，

草原乌头比人壮，

经络止邪驱湿正。②

祛风镇痉寒痛减，

膏为射罔箭毒盛，

茎直稍倾光滑呈，

纺锤倒卵黑褐呈，

绛紫花美乌头样，

入药块根两连生。

草本蔓援紫色藤，

**注释**

①毛茛科，乌头属，一年至多年生乌头的根入药。别名五毒根、乌喙、土附子等，有毒，须遵医嘱。归心、肝、脾、肾经。见《神农本草经》列为下品。

②母根叫乌头，镇痉，治风痹、风湿神经痛。侧根（子根）入药叫附子，有回阳、逐冷、祛风湿之效。

③中药学上一般指野生种乌头和其他多种同属植物，如北乌头（蓝乌拉花）、太白乌头（金牛七）等。

据传三国时期，名医华佗为名将关羽刮骨疗毒。

## 11 鸢尾①

鸽子花幽中外彰，
法国国花鸢尾芳。
三瓣上下如鸟飏，②
蓝紫蝴蝶喜阳畅。
缕缕袅袅若云荡，
似剑若带清气扬。
根茎有毒误命伤，
冷艳美丽源流长。

消食化积便秘散，
清热解毒祛瘀疡。
唐本草中记载详，
紫碧根似高良姜。
白石画鸢老舍藏，
比翼英台化蝶乡。

**注释**

①鸢尾：鸢尾科，鸢尾属，多年生草本植物，根茎可入药。性微寒，味甘苦，有毒。归心、肺经。鸢尾初夏开花，蝶形，蓝紫色，大而美丽，可供观赏。别名扁竹花、蓝蝴蝶、蛤蟆七等。

②飏（yáng）：飞扬，飘扬。

## 12 雪见①

疏柔毛根叶丛莹，
贴伏地被折皱挺。
花冠唇紫蓝精灵，
凹凸不平皱巴型。
其貌不扬蛤蟆名，
叶极难看花亮英。
清热解毒便秘消，
止泻镇咳遁化萦。②

天色帘雪闻春到，
逸兴无言芝兰情。
造化神气复始新，
万家灯火梅香迎。
满眼风光无限好，
斜舞江河日月明。

**注释**

①唇形科，鼠尾草属的植物荔枝草。味苦、辛，性凉。归肝、肾经。别名雪见草、癞蛤蟆草、野芥菜、青蛙草、土荆芥、猪婆草等。

②见《江西民间草药验方》："活血凉血，消痈肿，止吐衄。治吐血，崩漏，无名肿毒，跌打伤痛，治流火。"

**13**

**杜衡①**

时楚乡花尽情逸，
深绿浅彩平燥急。②
根若细辛茎短丛，
叶形似葵肾心迷。
蒸馏精油着妆喜，
抗菌消炎血伤止。
风寒疗咳有神力，
止气消痰效果奇。③
防蚊驱虫原料材，
喘除便秘发香气。
薜荔石兰山神被，
女萝杜衡腰带依。
花开暗紫低调立，
端午囊香佩今日。

注释

①马兜铃科、细辛属多年生草本植物，全草入药。味辛，性温，小毒。归肝、肾经。该种挥发油对动物有明显镇静作用。

②见屈原《离骚》："余既滋兰之九畹兮，又树蕙之百亩。畦留夷与揭车兮，杂杜衡与芳芷。"若此解，屈原当时种植了包括杜衡在内的许多香草。见《杜衡.中国植物志［2018-10-23］》。

③杜衡主治风寒感冒、痰饮喘咳、风寒湿痹、头痛、齿痛、胃痛、痧气腹痛、瘰疬、肿毒、蛇咬伤等。见《本草纲目》记载杜衡："散风寒，下气清痰，行水破血，杀虫。"

**14**

**牛蒡**①

经年此乐共风舞。

墙头悬挂蒡菜芽，

叶扇玉润花似珠。

绿杨风软鸟相呼，

河堤青翠欲滴铺。

云尽山色蔚蓝涂，③

促动助便降血糖。

解毒利咽功效通，②

疏风散热宣肺彰。

根富食疗清利咽，

味滋鲜美入口畅。

拌炒鱼肉煲汤腌，

瘦果倒生浅褐样。

基生叶宽卵形长，

**注释**

①牛蒡属、菊科两年生草本植物的果实和根。中药牛蒡子味辛、苦，性寒，归肺、胃经。常和桔梗、连翘等配伍。经典处方有银翘散等。别名大力子、恶实、鼠粘子等。

②牛蒡子疏散风热、宣肺透疹、散结解毒，见《本草经疏》"散风、除热、解毒三要药"。《本草纲目》称其"通十二经脉，洗五脏恶气""久服轻身耐老"。

③牛蒡原产中国。在日本、中国台湾民间把牛蒡作为补肾、滋补之品。保健功效可与人参相媲美，又称"东洋参"。

**15 莱菔①**

肉脆根嫩圆柱同，
大小差异紫绿红。
味甘气微皮淡辣，
芦菔荠根地灯笼。
秋冬采挖根鲜用，
洗净薄片糖水溶。
消食清咽化痰通，②
解渴利尿见实功。
一个萝卜一个坑，③
清白至简有传统。
日月星辰精华涎，
哪怕泥土砖灰浓。
周身自爱白玉形，
飞入百姓家餐喁。

**注释**

①莱菔：是十字花科植物莱菔的鲜根。味辛、甘，性凉；熟者味甘，性平。归脾、胃、肺、大肠经。别名萝卜、芦菔、罗服、楚菘等。始载《唐本草》。中国药典收载莱菔子生品和炒品。其根（地骷髅）、叶（莱菔叶）、种子（莱菔子）均可药用。

②有"冬吃莱菔夏吃姜，一年四季保安康"之说。

③莱菔具有消食、下气、化痰、止血、解渴、利尿之功效。见《本草纲目》："莱菔子之功，长于利气。生能升，熟能降，升则吐风痰，散风寒……皆是利气之效。"

# 16

## 姜黄①

生性喜乐向阳旺，
根茎厚肥叶柄长。
秋冬采挖洗净煮，
叶鞘花葶穗圆状。
气香异味苦辛散，
橙黄叶片椭圆祥。
熟至透心晒干藏，
通经痹痛止肿胀。②

苞片卵圆淡绿颜，
花冠润黄八月染。
木星合月点亮天，③
雾锁楼沿除疫寒。
入梦牵牛犁春田，
再见腊月闪过年。

**注释**

①姜科、姜黄属多年生草本植物的干燥根茎，别名郁金、宝鼎香、毫命、黄姜等。味辛、苦，性温。归脾、肝经。

②姜黄可破血行气，通经止痛。用于胸痹心痛、痛经经闭、风湿肩臂疼痛、跌扑肿痛等。

③天宇上演的木星合月，明亮木星与一轮上弦月竞辉的唯美画面。天文播报这次木星合月发生在北京时间 2022 年 12 月 29 日 18 时 34 分。

## 17 狗脊①

秋冬时令采挖季，
茎节竹刺边锯齿。
根形狗脊金毛密，
除泥去根干入屉。
火燎去须酒浸蒸，
肝肾虚损强腰膝。②
苦除风湿温劳补，
痹痛酸困减无力。③
把酒青浸鲜如旧，
扶筋功大骨更奇。
年来岁去日穿梭，
花红柳蕊青翠齐。
身着衣轻向山行，
日望云重白水堤。

**注释**

①蚌壳蕨科植物金毛狗脊的干燥根茎入药。味苦、甘，性温。归肝、肾经。别名金毛狗脊、猴毛头、金狗脊等。

②见《本草纲目》：强肝肾，健骨，治风虚。

③见《别录》：甘，微温无毒，兼火化也。苦能燥湿，甘能益血，温能养气。

## 18 荠苨 ①

山坡草丛沃土依，
春至秋末采收季。②
挖根水洗削外皮，
根作果脯味甘饴。
春秋野菜嫩叶食，
种子繁殖主根直。
强中消渴有荠丸，
肿毒疗疮荠来治。③

茎不分枝冠紫蓝，
娘亲鬓角花发缠。
易逝年华匆匆过，
秋色连平山水延。
纵在异乡当头暖，
怎及回家灯火阑。

**注释**

①桔梗科、沙参属多年生草本植物。气味（根）甘、寒，无毒。别称杏参、杏叶沙参、甜桔梗等，苗名隐忍。

②多生长在山坡草地以及林缘草地。南北朝《本草经集注》中将荠苨（沙参）与人参、玄参、丹参、苦参称为五参。

③见《神农本草经》："主积血惊气，除寒热，补中益肺气。"

19

## 19 仙茅①

八月采濯玉白罩，
悬崖峭壁岩石找。
植物药用三焦补，
种子繁苗貌杂草。
祛风除湿经络畅，
茎独直长能量高。
腰膝酸软麻木减，
强壮筋骨气血造。②

补暖腰脚安五脏，
消肿行运命门要。
地棕独茅利肾阳，
形如栀子黄花窈。
叶似蕙兰根若茅，
同舟共济团聚抱。③

**注释**

①石蒜科植物仙茅的干燥根茎。别名地棕、独茅、山党参、茅爪子等。味辛，性热，有毒。归肾、肝、脾经。补肾阳，强筋骨，祛寒湿，延年益寿。

②见《本草纲目》："仙茅性热，补三焦、命门之药也。惟阳弱精寒，禀赋素怯者宜之。若体壮相火炽盛者，服之反能动火。"

③抒写仙茅的药用功效及形态。

## 20 紫草①

山谷坡地紫芙挽，
夏秋花果莫道晚。
茎直叶卵根紫颜，
三月采根阴燥干。
补中益气利九窍，②
体轻质脆易折断。
甘寒清泄解滑利，
化瘀斑疹速消散。③
紫红皮松条叠片，
活血心肝冲锋前。
虽说天地气阴寒，
最是苦紫花根善。
净心祈愿兔年羡，
清修窗内逸云天。

**注释**

①紫草科、紫草属多年生草本植物，别称紫丹、紫芙、茈草等。干燥根入药，性寒，味甘、咸，归心、肝经。

②见《本经》："主心腹邪气，五疸，补中益气，利九窍，通水道。"

③见《本草纲目·卷十二》："治斑疹，痘毒，活血凉血，利大肠。""紫草，其功长于凉血活血。"

**21**

升麻①

山边灌木草丛静，
叶绿背灰柔毛醒。
花小黄白枝顶上，
根茎分枝结节形。
发表透疹升阳气，
须根晒干燎除净。
口疮头痛退寒热，
肿痛喉痹牙痛停。②
春苗五月花粟穗，
悠悠郁绿蔓盛莹。
若麻抢眼气息升，
葱葱芳幽繁花净。
青梅救母孝切切，
竹马神奇代代行。③

**注释**

①毛茛科、升麻属植物大三叶升麻、兴安升麻或升麻的根茎入药，味辛、甘，性微寒。归肺、脾、大肠、胃经。因其叶似麻，其性上升得名。别名龙眼根、周麻等。

②升麻系常用中药解表药下属分类的辛凉解表药。见《神农本草经》列为上品。"主解百毒，辟温疾、障邪（一作'瘴气邪气'）。"

③传说古时候，一位穷苦青年以采药为生，见到少女青梅救母招亲告示被感动，决心上山挖仙药竹马。终于采挖回来救治青梅娘子宫脱垂的"竹马"。青梅娘喝了用"竹马"熬制的汤药痊愈。由于日久及方言原因，"竹马"流传成了一味中药"升麻"。

**22**

地榆①

春芽秋萎采挖时，
除须净根燥干置。
纺锤粗壮茎叶小，
紫红花密果包食。
清热解毒利肿消，
降泄收敛微寒失。
疮伤痛烫脓散去，
出血外用善力止。②

春夏苗清晰幼嫩，
摇曳生姿翠雅贵。
炒食汤腌味鲜香，
叶形美紫红色穗。
沸水浸烫飞出苦，
宝珠明月换不回。③

**注释**

①蔷薇科、地榆属多年生草本植物，又名玉豉、红绣球、血箭草等。味苦、酸，性寒。归肝、大肠经。

②见《本经》："主妇人乳痓痛，七伤，带下病，止痛，除恶肉，止汗，疗金疮。"

③见先秦·佚名《金楼子引古语》："宁得一斤地榆，不用明月宝珠。"

## 23 草薢①

藤本缠绕叶互应，
雌雄异株茎横行。
味采苦甘根须净，
黄褐圆柱入药盅。
入胃驱湿症愈清，
疮疡恶疮痹痛停。
渗透脾湿血脉和，
味苦顺心火气平。②
八月采根曝晒干，
片大薄切黄白沁。
地面竹节株花穗，
品分淡薄风寒禁。
宋朝杨倓研医书，
世代留传草厘饮。③

**注释**

①薯蓣科植物绵草薢、粉草薢的干燥根茎入药。味苦，性平。归肝、肾、胃经。见《本草纲目》列入草部蔓草类，又名白菝葜、薢夕等。具有利湿去浊、祛风除痹等功能。

②见《神农本草经》中品：味苦平。主腰背痛，强骨节，风寒湿，周痹，恶创不瘳，热气。生山谷。

③见宋朝杨倓《杨氏家藏方》："草厘清散：治真元不足，下焦虚寒，小便白浊，频数无度，漩面如油，光彩不定，漩脚澄膏糊。"

## 24 文竹①

性喜温润爱通风，
根细茎节分枝萌。
忍耐寒旱光射直，
叶干层云似竹梗。
姿态潇洒常绿丰，
娴静轻柔常绿丰。
郁热咳血便淋通，
润肺止咳解毒症。②

全草和根皆入药，
盆栽型体观纤盈。
经冬不凋无艳丽，
花小色白星星英。
甜蜜清秀密如羽，
青翠丛中溢韵清。③

**注释**

①天门冬科、天门冬属植物。全草及根均可入药。味甘、微苦，性寒。入肺、膀胱经。别称云片松、云竹、山草、鸡绒芝等。

②文竹是具有观赏价值，体态轻盈，姿态潇洒，文雅娴静，放置客厅、书房，添书香气息。

③文竹花语：象征永恒及朋友纯洁的心永远不变。婚礼用花中，它象征婚姻幸福甜蜜、爱情地久天长。

25

**25 山柰①**

花朵顶生藏鞘沿，
根茎块状数枚连。
地上无茎叶无柄，
淡绿白色芳香妍。②
卧地躺平阔卵面，
喜暖闻阳蒳果艳。
散寒去湿消食积，
胸腹冷痛泻吐填。
香辣防疫未病安，③
枝影叶茂木绿秀。
一夜风吹翠花颜，
细雨滴答晴空柔。
田园春暖草无忧，
暮色星月天气悠。

**注释**

①姜科植物山柰多年生宿根草本植物，干燥根茎入药。别名三赖、山辣、沙姜等。性温、味辛；归脾胃经。行气温中，消食，止痛。

②见《本草纲目》："根叶皆如生姜，作樟木香气。土人食其根，如食姜。切断暴干，则皮赤黄色，肉白色，古之所谓廉姜，恐其类也。"

③见《本草纲目》："暖中，辟瘴疠恶气，治心腹冷痛，寒湿霍乱。"

## 26 续断①

凉爽湿润气候好，
土深厚肥疏松高。
秋采除根杂须净，
微火烘汗萦绿绕。
强筋血脉关节利，
接骨细叶蔓延缭。②
味苦肝肾补骨要，
通络散瘀痹痛跑。②
调养胎安有力道，③
青青幼宝向云招。
东风万顷腊梅早，
明月朝辉松间照。
岁月静好人未老，
一溜尘烟撵鹅闹。

**注释**

①川续断科多年生草本植物，干燥根入药，因"续折接骨"而扬名。别名和尚头等。性微温，味苦、辛，归肝、肾经。有补肝肾、强筋骨、续折伤功效。

②见《神农本草经》上品："主伤寒，补不足，金创痈伤，折跌，续筋骨……久服益气力。"

③见《滇南本草》："补肝，强筋骨，走经络，止经中（筋骨）酸痛，安胎。"

27

白头①

山岗荒坡丛野迷，
性喜凉爽耐寒气，
兰紫白薇生柔细，
头顶蓬松须白密，
叶生茎头若杏叶，
清热明目消瞀疾，
苦寒降泄痢毒散，
痈肿疮瘕消结逸。②

根系细雨蔓丛里，
茎摆风摇迎春启，
一江春心萌动流，
奈何草物显功奇，
花迎雪消性寒去，
远播声名千秋里。③

**注释**

①毛茛科、白头翁属，白头翁干燥根入药。性味苦，寒。归胃、大肠经。别名白头草、大碗花、老翁花、奈何草等。因如银丝老翁头顶白发，故名白头翁。

②始载《神农本草经》下品。"主温疟，狂易，寒热，症瘕积聚，瘿气，逐血，止痛，疗金疮。一名野丈人，一名胡王使者。生山谷。"

③传说诗圣杜甫身无分文患疾之时，一白发老翁用白头翁草为杜甫医疾病愈。因"自怜白头无人问，怜人乃为白头翁"，遂将此草起名"白头翁"，表达对白发老翁诊治的感激。

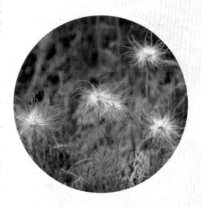

**28**

**山萩**①

春雨田埂长势旺，
花苞初放采满筐。
提篮鲜嫩萩芽头，
除泥净沙晒干晃。
清热泻火燥湿除，
根茎横走斜升狂，
祛风通络驱蛔虫，
清热解毒缓症状。

蛛丝棉毛鹿呦呦，②
清柔软绵灰白皇。
春日莺飞琴瑟鸣，
悠然山野微风逛，③
心性内蕴平淡真，
丰厚滋养浴风往。

**注释**

①菊科青香属植物珠光香青全草或根入药。味苦、甘，性平。归脾、肺、大肠经。别名大火草、牛舌草、毛女儿草等。

②见《诗经·小雅·鹿鸣》"呦呦鹿鸣，食野之苹"的"苹"，一说艾蒿，一说山萩。

③见《论语》孔子春游的和美："暮春者，春服既成，冠者五六人，童子六七人，浴乎沂，风乎舞雩，咏而归。"

# 29 常山①

性喜阴凉湿润天，
野生丘陵沟溪沿。
肥沃疏松水良地，
质坚条滑面黄颜。
肉质花瓣圆对连，
圆柱弯曲扭转见。
伤寒热发抗疟毒，②
胸闷痰化鬼蛊歼。③
春风常山沐雨前，
红芍白芍牡丹妍。
端午菖蒲雄黄酒，
祭叩屈子想采莲。
待到秋菊花黄遍，
再循星光梦千年。④

**注释**

①虎耳草科植物常山属灌木的干燥根入药。味苦、辛，性寒。有小毒。归肺、肝、心经。别名互草、恒山、七叶等。有涌吐痰涎、截疟功效。

②见《本草纲目》："常山、蜀漆有劫痰截疟之功。"

③见《神农本草经》下品："味苦，寒。主伤寒寒热，热发温疟，鬼毒，胸中痰结……"

④传统端午节五月初五这一天有赛龙舟、吃粽子、用雄黄画额、戴香包、悬艾叶、打糕等习俗。杭州还有吃五黄：黄鱼、黄瓜、咸鸭蛋黄、黄豆饭和雄黄酒等民俗。

**30**

## 党参①

长根蔓生叶错应，
节如手指秋花英。
青白色淡紫斑污，
根头凸盘狮头盈。
圆锥根状茎光滑，
补脾益肺胃津莹。
调节血糖缓衰老，
扶正祛邪养血精。②

喜潮湿荫蔽强光，
蔓藤细牵纤纤明。
惟见明月东风垂，
独闲白河水长清。
遥忆青城山谽谺，③
文元透玉质上晶。

**注释**

①桔梗科、党参属多年生草质藤本植物的干燥根入药。别称文元、东党、台党等。党参始载清代《本草从新》，味甘、性平，归脾、肺经。

②见《中华人民共和国药典》（2020年版）："健脾益肺，养血生津。用于脾肺气虚，食少倦怠。"

③青城山：中国四大道教名山之一，五大仙山之一，成都十景之一。

谽谺［hān xiā］：山谷空旷貌，幽深。

**31**

## 百部①

野林山坡草灌丛，
喜荫湿润惧旱境。
土厚疏松沙沃生，
肉质纺锤茎叶盈。
地下块状根束成，
花梗贴系叶片中。
止痒杀虫闹虱子，
润肺祛痰止咳功。②

成簇长圆攀援升，
椭圆种子紫褐明。
粗实润泽肥白佳，③
花伞玉叶依恋情，
淡绿春开连环情，
贵若珍珠细密融。

**注释**

①百部科、百部属多年生攀援性草本植物。始载《名医别录》中品，例如《本草纲目》《本草经疏》中均有记载。别名婆妇草、闹虱、玉箫、百部草等。味甘、苦，性微温，归肺经。

②见《中华人民共和国药典》（2020年版）："润肺下气止咳，杀虫灭虱。用于新久咳嗽、肺痨咳嗽、顿咳。"

③百部在中国药用历史悠久，为中医临床常用中药，以粗壮、肥润、坚实、色白者为佳。

# 32 前胡①

山坡草丛喜冷凉，
冬春采挖根净藏。
皮棕黄油点环纹，
性味苦辛自在尝。
茎干灰褐矮柱圆，
安胎驱寒风热降。
苦泄平喘辛散除，
疏风止咳化痰脏。②

根茎粗壮厚土长，
七月白花貌葱样。
叶如菊瘦嫩细食，
花小淡黄多边昂。③
春生苗芽味若蒿，
风过拂尘散芬芳。

**注释**

①伞形科植物白花前胡的干燥根入药。性微寒，味苦、辛。入肺、脾、胃、大肠四经。别名白花前胡或紫花前胡等，临床上常用于清热化痰。始载于《名医别录》："前胡，苦，辛，微寒。"

②见《本草纲目·卷十三》："清肺热，化痰热，散风邪。"

③见《本草纲目·卷十三》："前胡有数种，惟以苗高一、二尺，色似斜蒿，叶如野菊而细瘦，嫩时可食。"

**33**

帽兰①

低山半阴林边见，
小乔皮棕枝滑沿，②
叶互聚生枝顶端，
花白单生杂木掩，
脉腋簇生两性花，
种子翅飞秋果颜。
跌伤祛风除湿安，
苦凉舒筋活血添。③

碧木林秀百花春，
兰花正香芬欣欣。
燎原心田抱成球，
岁月铺尘闲纸馨。
异乡鬓霜东篱亲，
落叶池藕挥墨吟。

**注释**

①山茶科、紫茎属植物紫茎的树皮、根皮入药。味辛，苦，性凉。归肝经。具有舒筋活血等功效。

②帽兰系小乔木，树皮呈棕色，小枝有绒毛或呈光滑状态。

③帽兰叶互生，常聚生枝顶端，花朵白色，单生于叶的下方或叶腋。

34

蛇参①

山沟溪林灌丛壮，
圆叶兜铃缠绕长。
春秋采根洗净晾，
根细圆柱黄褐祥。
花大梗细叶腋挺，
种子扁平三角状。
平喘止咳肠痔消，
行气化瘀祛痛强。②

烈辛气味青木香，
夏花筒状紫绿莹。
药匣几中解毒草，
良驹颈挂坠兜铃，
妖魔鬼怪挥棒斩，
天仙茎藤护生灵。③

**注释**

①马兜铃科植物北马兜铃或马兜铃的干燥根入药。性微寒，味辛苦。入肺、大肠经。有活血化瘀、行气止痛等功效。别名马兜铃、水马香果、葫芦罐、蛇参果等。

②见《本草纲目》："肺热咳嗽，痰结喘促，血痔瘘疮。肺气上急，坐息不得，咳逆连连不止。清肺气，补肺，去肺中湿热。"

③见《西游记》，孙悟空为朱紫国国王治病时提及。其茎称天仙藤，有理气、祛湿、活血止痛的功效；其根称青木香，有行气止痛、解毒消肿的功效；其名因成熟果实如挂于马颈下的响铃而得。

## 35 石斛①

林深天然自痴狂，
参天大爱芬芳旺。
春拂蝶飞痴笑侬，
补血免疫强体壮。
益胃滋阴宜清热，
茎直肉厚柱圆状。
大山长谷多年藏，
雨露犹怜任风霜。
姿悠态异甚味趣，
慈如父爱甜蜜长。②
春秋追远大雅在，
惟君慎思逆风上。
天赐瑰宝益世昌，
户户吉祥福流淌。

**注释**

①石斛：兰科，石斛属。味甘，性微寒。归于胃、肾经。又名仙斛兰韵、不死草、还魂草、紫紫仙株等。治阴伤津亏、口干烦渴、食少干呕、病后虚热、目暗不明等。石斛花姿雅，花色艳，气味香，与文心兰、蝴蝶兰、卡特兰合称"四大观赏洋花"。

②石斛兰在泰国、日本等地被视为"父爱之花"。

## 36 黄柏①

坟茎柏老呈瑞祥，
皮裂剥洗切丝量。
味极苦颜色鲜黄，
寒阴敛藏待时强。
善解湿热通微润，
除气郁滞宜汗良。
伤寒身乏清热燥，
泻火除湿毒疮降。②
九架孤山思念娘，
一任江湖风尘茫。
驱毒除火心清朗，
那管春草随风忙。
十年树木百年人，
回馈人间岁月长。③

**注释**

①黄柏：芸香科。味苦，性寒。归于肾、膀胱、大肠经。黄柏原名黄檗，檗意通"襞"，意思是衣服上的皱褶，黄檗树皮厚实，纵向沟裂明显，故名檗；色黄，故称黄檗，现简称黄柏，为黄檗或黄皮树的树皮。

②黄柏具有清热燥湿、泻火除蒸、解毒疗疮等功效。《伤寒论》中记载栀子柏皮汤（黄柏、栀子、甘草）治伤寒身黄发热。

③柏皮入药需用 10～15 年或以上的老皮，而培养一个人更需要几代人的艰辛努力及百倍付出。此处比喻干事或做人要像黄柏皮一样，遵循自然规律，不急功近利方可大用。

**37**

# 白桦①

树干高粗滑白光，
单叶互生锯齿状。
遇火烧燎先出场，
喜阳生命力强壮。
林野坡路茂密长，
孤植丛生列道闯，
桦液若饮抚外伤，
皮能成纸涂鸦旺。②
根深谷幽虎豹在，
诗画山水林桦静。
何惧风雪坠浩瀚，
任凭浪起荫摆影。
我如尘沙桦似仙，
素颜白纱入圣境。③

**注释**

①白桦：桦木科，桦木属。药用白桦树皮治疗各种炎症、烫伤；白桦树汁具有抗衰、抗疲劳的保健作用。白桦树是俄罗斯的国树，是其民族精神的象征。白桦的花语代表生与死的考验。

②青铜时代至铁器时代早期，在远东的西伯利亚地区有一个规模庞大的文化圈，这个文化圈属于不同民族，有着不同文化传统的生计模式，但有一个共同点：大规模使用桦树皮制成的器物，称为"桦树皮文化"。桦树皮器皿至今还在中国东北地区的赫哲族使用。

③我在白桦深林的大自然中如同一粒尘沙一样渺小，纯天然披着白纱的成片桦林让人仿佛进入梦幻中的圣境一般。

## 38 泽泻①

冬寒茎长始黄萎，
五六八月根干备。
椭圆形叶怒夏白，
除须根皮湿热费。
质实气微味苦淡，
化浊降脂肿胀飞。
痰饮眩晕高脂症，
如意花饮轻身美。

池泽长在不惧染，
尽伴水草低洼凉。②
花洁溪皎利水消，
一泻气浊神清朗。
不同百花争娇贵，
安守自清不晃浪。

**注释**

①泽泻科、泽泻属，多年生草本植物，其干燥块茎入药。别名水泽、如意花等，味甘、淡，性寒。归肾、膀胱经。其具有利水渗湿、泄热、化浊降腊的功效，主治肾炎水肿、肠炎泄泻、小便不利等症。

②见《楚辞》"筐泽泻以豹鞟兮，破荆和以继筑"，《本草纲目》"神农书列泽泻于上品……其谬可知"。《本草图经》《植物名实图考》等均可见泽泻的原植物图。

## 39 白英①

草质藤本叶似琴，
双面闪亮柔毛亲。
花冠蓝紫白光色，
山谷草地田边进。
疗疮肿毒鲜品敷，
黄疸腹水肾炎濒。
果实鬼目平目赤，
清热解毒湿肿禁。②

地上排风寒化瘀，
白毛藤根苦�病饮。
风痹邪痛泄下排，
羌活独活配伍近。
云溪竹翠云涧欣，
寸茎风暖葫叶馨。③

**注释**

①茄科植物白英的干燥全草。别称山甜菜、白草、排风草、白毛藤、葫芦草等。味苦，性寒，入肝、胃经。药用价值最早见于《神农本草经》，列为上品，全草入药。

②全草主治感冒发热、黄疸型肝炎、胆囊炎、胆石病、癌症、子宫颈糜烂、白带、肾炎水肿等。

③用于风湿痹痛，可与秦艽、羌活、独活等药同用。

**40**

甘遂①

低山坡荒沙地旁，
春花秋枯挖根忙。
除泥去土放竹筐，
流水河渠洁净亮。
晒干硫熏再存藏，
药用疮痈肿毒慌。
经隧水湿通便逐，
刺激蠕动泻下畅。
下品有毒不乱用，②
止咳化痰通气敞。
泪暗凝尘闲锁凉，
冬日落霞写愁肠。
鬼丑不忧饮上善，
苍空孤鸾寻向阳。

**注释**

①大戟科、大戟属，为中国特有草本植物。别名重泽、陵藁、甘泽、苦泽、白泽、鬼丑等。甘遂的干燥块根入药。味苦、性寒，有毒；归肺、肾、大肠经。具有泻水逐饮、消肿散结的功效。

②见《神农本草经》："主大腹疝瘕，腹满，面目浮肿，留饮宿食，破癥积聚，利水谷道。"

**41**

崖香①

常绿乔木叶互安，
野生疏林荒山沿。
黑黄交错纹理致，
质实重坚折断难。
净洗劈块碎粉研，
半沉半浮沉水间。②
行气痛止温散寒，
降逆平喘胀闷减。③

崇峻猿鸣鸟啼长，
香枝树摇汁液芳。
幸逢盛世唯德胜，
青桂馥郁神气爽。④
润泽四溢民欣康，
富国昌瑞盈世扬。

**注释**

①瑞香科植物沉香或白木香含有树脂的木材。味辛苦、性温。入肾、脾、胃经。别名蜜香、栈香、沉水香等。古代海南岛曾称为珠崖州、崖州。自古出产的沉香独具特色，后称海南沉香为崖香。

②见《本草纲目》："木之心节，置水则沉，故名沉水，亦曰水沉。"

③见《本草再新》：治肝郁，降肝气，和脾胃，消湿气，利水开窍。

④见《尚书·君陈》："至治馨香，感于神明。黍稷非馨，明德为馨。"

**42**

## 剪秋①

凋花谢蕊犹留芳。
机敏好奇心欢畅，
无以匹敌泛高光，
温顺亲切柔和祥。
花坛花境盆栽长，
鲜活艳丽雅俗红，③
全草清热解毒忙。
活血消肿炎症除，
花果夏秋两季旺。
庭园丛植景材料，
暗红流苏俏模样。
花冠片长椭圆状，
低山灌林依草旁，②
喜阳耐旱趋凉爽，

注释

①石竹科、剪秋罗属植物剪秋罗，全草及根部入药。性寒，味甘。归胃经。别名山红花、剪秋萝、鲤鱼胆等。

②剪秋罗多生于低山疏林下、灌丛草甸阴湿地。夏季喜凉爽气候，稍耐阴。

③剪秋的药用主要有清热、止痛、止泻等。可减轻感冒、风湿性关节炎等症状。

**43**

## 芫荽①

羽状茎叶草嫩苔，
活力四射花小白。
球形香料提味鲜，
开胃消郁营养盖。
止痛解毒皆不误，
血液循环畅通怀。
微量元素益身心，
芳香健脾疏风害。②

岁律向晚鹅鸭聚，
乡音不改馥郁亲。
艳丽碎齐汤羹溢，
青山秀水浸染真。
菜子孕期飞云涧，
香花果谢善渡人。

**注释**

①双子叶植物纲、伞形目、伞形科、芫荽属草本植物，别名胡荽、香菜、香荽等。性温，味辛。归肺、胃经。是人们日常汤饮、凉拌提味的蔬菜佐料。

②见《本草纲目》"芫荽性味辛温香窜，内通心脾，外达四肢"。芫荽发表透疹，健胃。全草主治：麻疹不透，感冒无汗；果主治：消化不良，食欲不振。

## 44　南星①

林下山谷河阴长，
草本块茎圆球状。
柄绿叶片鸟足裂，
根密茎出小茎旁。
燥湿化痰祛风止，
散结消肿治顽抗。
风痰眩晕癫痫轻，
外治痈肿蛇虫伤。②

故园北望路迢迢，
日落牵牛丹霞天。
春遇晃如白玉清，
长郊山奇星斗连。
不老深秋松下见，
云淡风清数数然。③

**注释**

①天南星科植物天南星、异叶天南星或东北天南星的干燥块茎。别名虎掌、天南星、白南星、山棒子等。味苦、辛，性温；有毒。归肺、肝、脾经。

②南星具散风、祛痰、镇惊、止痛等功效。但直接从植物上摘取的种子和地下球茎不可服用，误服剂量不当有毒。

③数数然：汲汲谋求名利的样子。见庄子《逍遥游》："彼其于世，未数数然也。虽然，犹有未树也。"

45

**45**

屈草①

直立粗壮显纵棱，
被糙伏毛短星形。
汉中川泽五月采，
瘦果卵形三型明。
夏收全草晒鲜用，
止血寒热阴痹除，
淡褐气微味涩轻。
内服煎汤外涂凝。②
城外踏访博望坡，
历史烟云凝远重。
春风化雨冬去了，
绿翠薄碧水蓝浓。
路遇农夫三里地，
故园飞蜂草莓红。

**注释**

①蓼科植物掌叶蓼的全草入药。别名掌
叶蓼、猪草、大辣蓼、九龙天等。性凉，味苦、
酸。见《神农本草经》：味苦。主胸胁下痛、
邪气、腹间寒热阴痹。久服轻身益气耐老。

②屈草功效主治：止血；清热。主吐血；
衄血；崩漏；赤痢；外伤出血。

## 46

## 蓍草①

青山流水春草盛。
无华向上顽强意，
朗采奕奕质朴生，③
千年紫气龙龟伏，
岂知神草百年成，
白色小花藏奇功，
低矮植株成了精。②
古来占卦作卜用，
解毒消肿止血凝，
风湿疼痛炎症减，
耐寒湿润遍扎营。
叶似野蒿牙锯形，
山坡灌丛向阳盈。
多年草本直立茎，

**注释**

　　①蓍（shī）草，是菊科蓍属植物，全草可供药用，性味苦、酸，平。归肺、脾、膀胱经。别名一支蒿、蜈蚣草、锯草等。希腊神话中，阿基里斯曾用此花汁液来疗愈脚伤，故此花又叫阿基里斯。也有人称它为骑兵的草药。

　　②远古先民求卦时选用蓍草，这与先民们对蓍草的传统崇拜和神话有关。

　　③据《论衡·卜筮篇》中之意，因为蓍草和乌龟都长寿，能够预见未来，和向老人请教解答一样。另有一夸张说法蓍草可活千年。

**47**

地锦①

大藤本条粗壮盘，
霸占春色满墙山。
单叶互生花两性，
卷须短多枝吸缠。
肢体麻木红肿痛，
祛风通络活血安。
解毒痈疮止痹轻，
血瘀筋骨腰疼减。②

一庭独倚秋寂抱，
昏半眉峰皓月俏。
虽无樟梁神气相，
雨衣山色迷花娇。
绿植风中悬丝绦，
翠色走壁远尘嚣。③

**注释**

①别名地噤、常春藤、爬墙虎、红葡萄藤、爬山虎、日光子、风藤，石壁藤等。为葡萄科植物爬山虎的根及茎。见《本草拾遗》，味甘，性温。

②将地锦草晒干在瓷罐中煎煮取液饮之有清热利湿、活血止痛、解毒消肿的功效。

③绦（tāo）：丝带样。绿色的地锦在风中悬挂着丝丝绦绦，在翠色中前行，远离尘世烦嚣。

# 48

## 蕨薇①

叶芽幼嫩茎根围，
沸水烫足凉水煨。②
清除异味即可食，
滑爽口感留香微。
排毒美容如意菜，
药用绿蔬品余味。
降气化痰舒筋络，
山珍之王有地位。③
日照翠竹风絮飞，
便是笋野拳芽对。
仰望云霞伴蕨薇，
一池碧水映光辉。
青山白水鸳浴肥，
正是独山二月归。④

**注释**

①蕨薇（jué wēi）即蕨菜，别名拳头菜、如意菜、龙头菜等，有"山珍之王"美誉，是一种具保健美容功效的绿色健康蔬菜。

②提取该根状茎淀粉（称蕨粉）供食用，根状茎纤维可制绳缆，耐水湿，嫩叶可食，称蕨菜；全株入药，驱风湿、利尿、解热，又作驱虫剂。

③见《诗·小雅·四月》："山有蕨薇，隰有杞桋。"苏辙《上清辞》："玉食有不享兮，会潢污蕨薇之不弃。"

④独山：见《太平寰宇记》：独山在南阳县西三十里。

**49 荠菜①**

基座油丛莲花呈，
茎叶披针状栩生。
野生遍布温带地，
山坡路旁田边梗。
全草入药叶菜蔬，
缓解干眼夜盲症。
降压抗凝助消化，
种子油漆肥皂横。②

田野怒放灵丹种，
明前握铲挎菜篮。
河中映柳唤春雨，
桥边姑娘呼花艳。
春住千门万户侯，
时绕老母守麦田。③

**注释**

①十字花科、荠属草本植物。性平，味甘。别名荠荠菜、菱角菜等。

②荠菜的药用价值高，全草入药。《名医别录》中记载其有和脾、利水、止血、明目的功效。茎叶作蔬菜食用，种子含油，可供制油漆及肥皂用。

③作者忆起荠菜滋养的童年。田埂上，荠菜在春风里招手，仿佛高堂老母健在，提篮携铲直奔麦田，在泥土清香里挖出荠菜。

## 50 石竹①

粉带绿色茎根丛，
叶片线状披针种。
花单枝端数花聚，
紫嫩白鲜红色浓。
雄蕊露出喉部外，
春夏花果结滋荣。
生凉消暑降压线，
颜值若竹节节重。②
根茎花朵皆是宝，
花开欲仙安石怜。③
三六九枝香风缠，
嗟世无双真品鉴。
丹青妙手偶拾连，
造化神秀蝶蜂涎。

### 注释

①双子叶植物纲、石竹科、石竹属多年生草本。性寒，味苦。归心、小肠经。别称北石竹、钻叶石竹、丝叶石竹、林生石竹、瞿麦草等。

②石竹利尿通淋，破血通经。治疗尿路感染、热淋、尿血、妇女经闭、疮毒、湿疹。见《本草备要》："降心火，利小肠，逐膀胱邪热，为治淋要药。"

③北宋王安石《石竹花二首》中"春归幽谷始成丛，地面芬敷浅浅红。车马不临谁见赏，可怜亦解度春风"，其对石竹不被赏识的惜怜之情油然而生。

**51**

木蓝①

野生山坡草丛亭，
枝条圆柱显纵菱。
状若槐叶可作靛，
互生小片倒卵形。
清热解毒痈疖肿，
碎叶外敷血瘀停。②
熟若扁豆皎皎月，
青青椭圆随风迎。
此中木蓝中药名，
木兰从军女杰英。③
复叶互生绿间荣，
粉紫花放色明莹。
春花果收入夏忙，
护肝花魁挈翠清。

**注释**

①豆科·木蓝属植物木蓝的茎叶入药。别名槐蓝、大蓝青、水蓝等。味微苦，性寒。入肝经。

②中药木蓝具清热解毒、凉血止血去瘀的功效（见《本草图经》）。

③花木兰，中国古代巾帼英雄，忠孝节义、代父从军的"孝烈将军"。花木兰故事的流传，多见于"乐府双璧"之一的《木兰辞》。因同音而类比。

## 52 地肤①

一年草本花卉直，
株丛密紧卵圆立。
枝多细短柔毛披，
单叶互生连线依。
清热利湿祛风痒，
解毒明目消炎利，
皮肤瘙疹疮毒疾，
茎叶钾铜补身体。②

穗状花序褐色奇，
植株嫩绿秋红异。
喜温光亮耐旱稀，
子扁球形药汤食。
沸焯炒拌馅鲜吃，
强壮菜蔬老帚提。

**注释**

①藜科、地肤属植物。别名地麦、落帚、扫帚苗、孔雀松等。性寒，味辛、苦。药用种子称为"地肤子"，利水通淋，除湿热，可益精强阴、治皮肤病。本种有一变型俗称扫帚菜。

②见《名医别录》：去皮肤中热气，散恶疮，疝瘕，强阴，使人润泽。茎叶中富含矿物质钾、铜等可补益身体。

**53**

列当①

株被白绒草本寄，
根茎肥厚茎生直。
花冠对称长弯曲，
雌蕊花熟粉飞逸。
壮阳筋骨补肾奇，
卵叶披针金黄立。
消解疲劳免疫强，
止血通便润肠益。②
登台楼顶天蓝倚，
岁月行进歌谣起。
吹皱青春折素笺，
明月高悬到河堤。
水墨浸染玉兔念，
一轮春光明万里。③

**注释**

①列当科、列当属二年或多年生寄生草本植物。性凉，味酸、苦。归肝、肾、大肠经。别名马木通、草苁蓉、独根草等。

②全草药用，有补肾壮阳、强筋骨、润肠之效。见《开宝本草》：主男子五劳七伤，补腰肾，令人有子，去风血。

③借列当的药用之情抒怀，惟愿人间明月万里长在。

## 54 及己①

山林溪谷爱生活，
二月生苗白花多。
一茎四叶獐耳朵，②
核果球形绿色托。
消肿解毒舒筋络，
恶疮伤虫风瘙弱。③
活血散瘀细辛根，
花前春采阴干缩。
远近东西深浅溪，
明月清丽不迷惑。
阴阳辛温疏热散，
风雨万化添云驮。
草木一秋天地阔，
根能生神心安诺。

注释

①金粟兰科、金粟兰属植物及己的根或全草入药。别名獐耳细辛、牛细辛、四叶对等。味辛、性温，归肝经。

②始载《别录》："主诸恶疮疥痂瘘蚀。"见《本草图经》："及己生山谷阴虚软地；其草一茎，茎头四叶，隙着白花，根似细辛而黑，有毒。"

③见明·李时珍《本草纲目·草二·及己》：主治诸恶疮疥痂瘘蚀，及牛马诸疮。头疮白秃风瘙，皮肤虫痒，可煎汁浸并敷之。杀虫。

## 55 繁缕①

茎圆全草扭缠团，
分枝纵棱黄绿焕。
刈过矮草难除铲，
自花授粉花期短。
嫩尖豆羹脾胃健，
活血祛瘀瘵痛止，
清热解毒瘵痛止，
炒拌煮汤食鲜暖。③
三月渐老花瓣白，
正月苗生茎细蔓。
老姑案前炊滋草，
乡间巷陌承习惯。
春风无意怜稗粒，
又有缕丝吐山川。

**注释**

①石竹科、繁缕属一年或二年生草本植物，茎、叶及种子入药，嫩苗可食。归肝、大肠经，味微苦、甘、酸，性凉。别名鹅肠菜、鸡儿肠、圆酸菜、滋草、和尚菜等。

②始载于《本草纲目》，时珍曰："此草茎蔓甚繁，中有一缕，故名。俗呼鹅儿肠菜，象形也。易于滋长，故曰滋草。"

③无论炒食、凉拌、煮汤皆具鲜清可口好风味。

56

## 蘼芜①

河泽水畔生草团，
株浓香烈根茎拳。
茎立圆柱纵直纹，
茎下节膨苓子盘。
除灭三虫治鬼疰，
惊悸安解蛊毒怨。
叶繁风干香囊填，②
洞明润志达心愿。
芹叶蛇床种地遍，③
秀鸟闻香舞翩翩。
性温蕲莲气芳散，
山水斜阳连三川。
江烟疏淡怡万里，
当归白芷绵千年。

**注释**

①伞形科植物川芎的幼嫩苗叶。蘼芜又名蕲莲、川芎苗、香果等。性温，味辛，气芳香。归心、胆、肝经。具有祛风止眩、补肝明目、除涕止唾的功效。

②见《本草纲目·草部三》："蘼芜，一作（草头下）麋芜，其茎叶靡弱而繁芜，故以名之。"

③见《唐本草》："蘼芜有二种，一种叶似芹叶，一种如蛇床，香气相似，用亦不殊尔。"

57

龙葵①

水沟路旁野悠悠，
夏开白花黑紫溜。
茎圆分枝黄绿纹，
质硬中空萼棕油。
全株入药散瘀肿，
清热解毒痈疮流。②
消劳睡少除虚弱，
风热疮伤痒痛丢。③
地头坠果满枝桠，
株上粒粒放光华。
少小在家甘入口，
老大归来不识花。
莫怕穷家无生计，
怀有功夫人人夸。

注释

①茄科茄属植物龙葵的全草，是一味清热中药，味苦，性寒，有小毒。别名野海椒、野伞子、黑天天等。

②见《本草纲目·卷十六》："疗痈疽肿毒，跌扑伤损，消肿散血。"

③见《唐本草》："食之解劳少睡，去虚热肿。"

## 58 虎刺①

山陵幽岩伴溪谷，
常绿灌木高根粗。
漏斗花冠果球形，
叶柄直刺枝灰涂。
参天大树风韵足，
精美玲珑姿态处，
祛风利湿活血通，②
痹痛肺痛咳嗽出。
四时灿烂赤橙深，
茎干刚健碧挺矮。
阴山坡林荫蔽润，
红果珠莹久不衰。
浓烈情趣乐开怀，
仰慕济世百年才。③

**注释**

①茜草科植物虎刺的全草或根。性平，味甘、苦。归脾、肺经。别名刺虎、寿星草、绣花针、雀不踏、两面针等。

②虎刺的肉质根药用有祛风利湿、活血止痛的功效。见《证类本草》："刺虎，生睦州，其叶凌冬不凋，采无时……理一切肿痛风疾。"

③虎刺被视为倔强、勇敢、吉祥、如意的观赏植物。因能活百年之久，又被誉为长寿的"寿庭木"。

## 59 苏木①

岩溶低丘海岛种，②
温暖湿润心气通。
心材赭褐素染色，
黄色微红材质重。
木切煎煮泡脚汗，
养血安神代谢涌，
杀菌消肿止痛散，
行血破瘀入眠中。③
性平归经心肝脾，
不离不弃质地浓。
矢志不渝忠贞耸，
三更入梦日月胧。
枯木逢春驻心中，
翩翩少年修身躬。

**注释**

①始见《医学启源》。豆科云实属植物苏木的干燥心材入药。又名苏方木、苏方、红紫等。性味甘、咸、平，归心、肝、脾经。有祛痰、散风止痛、活血化瘀等功效。

②见明·李时珍之《本草纲目·木二·苏方木》"海岛有苏方国，其地产此木，故名。今人省呼为苏木尔"。

③见《本草纲目》："苏方木乃三阴经血分药，少用则和血，多用则破血。"

**60**

## 泽兰 ①

方梗紫红叶对安，
夏秋茎叶盛采干。
活血调经祛瘀堵，②
浸油涂发尽香添。③
利水消肿疮毒砍，
改善窍能宿食醋。④
气血壅滞不通痛，
苦温胜湿痹驱散。

兰叶相亲寻田园，
独闻人间鸟鸣喧。
清风摇欢玉露涎，
苍翠香幽空谷兰。
身闲心净瞅河柳，
雨无花尘影斜天。

**注释**

①唇形科植物毛叶地瓜儿苗的干燥地上部分。别名虎兰、地瓜苗、方梗泽兰草等。地下根别名地参、地藕、虫草参、地龙菜等。味苦、辛，性微温。归肝、脾经，有活血调经、祛瘀消痈、利水消肿的功效。

②见《本草纲目》：养营气，破宿血，主妇人劳瘦，女科要药也。

③百姓常在夏日采晒，浸油涂发，去垢香泽，故名泽兰。

④见《本草求真》："九窍能通，关节能利，宿食能破，月经能调。"

61

**61**

排草①

山地斜坡草丛喜，
茂密树林边下积。
草本茎直翠叶出，
三月花开卵圆奇。
润肠通便调经理，
声嘶音哑肺燥益。
风湿痹痛感冒清，
疗疮咬伤风疟忌。②
草根白若柳根细，
再合众香入囊里。
芬合麝香白茅气，
煮洗水肿浮邪祭。
温湿润静风景良，
青春永驻向阳息。③

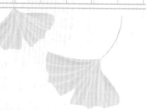

**注释**

①唇形科、鞘蕊花属的多年生草本植物的根茎入药。又名排香、排香草、香草等，根芳香，味淡、辛，性温，主辟臭，去邪恶气。

②见《本经逢源》："去邪恶气、鬼魅邪精，天行时气，并宜烧之。水煮洗水肿浮气，与生姜、芥子煎汤，浴风疟效。"

③作为防腐香料。香囊内香料（一般有中草药白芷、川芎、芩草、排草、山奈、甘松等），戴胸前驱蚊虫，香气扑鼻。

## 62 薤白①

鳞茎似球药蔬用，
菜中灵芝誉无穷。
半圆柱叶多密花，
珠芽暗紫花淡拥。
个大饱满坚实黄，
成片连长耐旱迥。
通阳散结导滞气，
理咽宽闷畅心胸。②
叶翠茎绿青草颜，
无暇白玉多诗咏。③
即便家贫口齿冷，
好种易理适强勇，
想见濯心荷正浓，
瓜蒌薤薤汤久长涌。④

**注释**

①薤（xiè）白：百合科葱属小根蒜或薤的干燥鳞茎入药。别名小根蒜、团葱、野薤、薤白头等。辛、苦，温。归心、肺、胃、大肠经。

②见《千金方》：治咽喉肿痛，薤根，醋捣，敷肿处，冷即易之。

③见宋·陆游《咸薤》："九月十月霜满屋，家人共畏畦蔬黄。小罂大瓮盛涤溜，青菘绿韭谨蓄藏。"

④见唐·杜甫《秋日阮隐居致薤三十束》："束比青刍色，圆齐玉箸头。衰年关鬲冷，味暖并无忧。"

**63**

## 山蒟①

山边溪涧湿林密，
雌雄异株攀援集。
木质藤本长又长，
穗状花序对叶齐。
夏花小放果球黄，
茎绿光滑盘爬石。②
祛风除湿化血瘀，
消肿行气止痛疾。
棚架墙垣假山绿，
放眼影影垂观景壁。
四季青青佩黄萎，
恰似结挂毛虫迷。
爬岩香漫树林间，
满目远观风藤碧。

**注释**

①胡椒科、胡椒属攀援藤本植物山蒟的茎叶或根入药。性味辛、温。归肝、肺经。可祛风除湿、活血消肿、化痰止咳等。又名石南藤、爬岩香、上树风等。

②山蒟为攀援藤本，长10余米。除花序轴和苞片柄外均光滑无毛。

**64**

**江蓠**①

生生不息潮海涌。③
芳华青青弘毅向，
香似白芷气浪冲。②
春水绵绵江东流，
安宁清雅馥郁浓。
心健意强志远大，
清热化痰利水通。
软坚瘿瘤身心悦，
囊果球形突体中。
分枝互生不规型，
直立肉质圆柱丛。
骨滑质厚液汁多，
体红色暗紫褐呈。
地势畅通内港生，

**注释**

①江蓠科、江蓠属藻体入药。味甘、咸，性寒。功效清热，化痰软坚，利水。是琼脂的主要原料。别名龙须菜、海菜、海面线、发菜、蚝菜等。

②始载《本草纲目》："蓠草生江中，故曰江蓠是也。"

③《荀子·劝学》："青，取之于蓝而青于蓝。"喻指青年一代一代更比一代强。

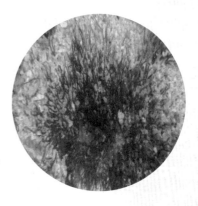

65

65

竹沥①

淡竹细叶直茎杆，
花丝长垂悬花伴。
性强喜润抗冰寒，
深土厚肥沃地站。
竹截劈开架竹上，
火炙出沥盘盛满。
久渴心烦狂闷减，②
清肺降火滑痰安。
沥姜香泽清透佳，
补虚益气通明瞰。
炊绕纤袅竹翩翩，
烟含暮春眺远山。
风轻碧水飘渺去，
雁声阵阵月阑珊。

**注释**

①禾本科植物淡竹以及同属近缘植物的新鲜茎杆经火烤灼沥出的淡黄色澄清液汁入药。别名竹汁、淡竹沥、竹油、毛金竹、白夹竹等。味甘、苦，性寒。归心、肝、肺经。功效清热滑痰。

②见《本草经集注》："凡取竹沥，惟用淡、苦、堇竹尔。"见《本草纲目》：竹沥性寒而滑，大抵因风火燥热而有痰者宜之；若寒湿胃虚肠滑之人服之，则反伤肠胃。

## 66 糙苏①

山林灌丛坡谷静，
草本根粗须肉晶。
八月花开采收忙，
花萼宿存方柱茎。②
色绿叶多气微香，
春秋采挖泥晒净。
散风解毒止痰咳，
清热肿疮毒痛清。③
紫气东萦紫花绽，
幽谷山野花闲定。
秋水长天紫云种，
紫花蕊朵卦阵营。
云雾摇曳紫霞隐，
紫霓裳衣舞开屏。

**注释**

①唇形科、糙苏属植物的根或全草入药。味涩，性平。归肺经。有消肿、生肌、接骨之功，兼有补肝肾，强腰膝，安胎之效。别名蜂窝草、小兰花烟等。

②糙苏的花期在 6～9 月，果期在 9 月。其茎直立，呈四棱形。

③见《全国中草药汇编》："祛风活络，强筋壮骨，消肿。用于感冒，风湿关节痛，腰痛，跌打损伤，疮疖肿毒。"

**67**

荸荠①

水生池沼磷高含，
肉白质脆汁嫩甜。
扁圆球平枣红滑，
状如马蹄形栗颜。
地下雪梨味美誉，
江南人参鲜食涩。
球茎降压利喉咽，
清热止渴化湿痰。②
细秆圆筒泥土站，
风拂绿吹浅水尖。
晴空叶飞舞万千，
栗根是宝度荒年。③
众乡民亲植滩岸，
碧波赤果慈乐莲。

**注释**

①莎草科、荸荠属植物荸荠的球茎及全草入药。球茎味甘，性平；全草味苦，性平。归肺、胃经。别名马蹄、地栗、芘荠、通天草等。

②见《本草纲目》："荸荠能降火、补肺凉肝、消食化痰。地上茎有清热利尿作用。"

③荸荠在古代多作水果，荒年则被人们用来充饥，明代的王磐、王鸿渐均有著文载记。

# 68

## 三棱①

冬春采净削皮干，
圆锥略扁黄灰颜。
须根痕小点横环，
质坚微淡嚼辣感。
苦泄辛散平不偏，
活血入气药力弹。②
除胀止痛重症减，
食滞纳停消积安。③
雀小轻绕三棱叫，
乡间鸡鸣露珠探。
水池塘口鱼蛙欢，
祖堂林荫雨打檐。
畦上莎草清清连，
先生喝高诵春联。

**注释**

①黑三棱科植物黑三棱的干燥块茎入药。性辛、苦，平。归肝、脾经。别名京三棱，红蒲根等。有破血行气、消积止痛的功效。

②见《本草纲目》："三棱能破气散结，故能治诸病。其功可近于香附而力峻，故难久服。"

③见《开宝本草》："主老癖症瘕，积聚结块，产后恶血血结，通月水，堕胎，止痛，利气。"

**69 球兰**①

附生树石攀援住，
星形聚成球花簇。
花奇特形叶肉质，
清芳茎节气根出。
观花植物绿化植，
公园庭院润滋处。②
清热化痰毒肿消，
通经下乳结散除。③
直射强光灼叶伤，
天寒花少叶艳淡。
冷凉干燥深冬眠，
性暖潮湿不耐寒。
同心吐枝妆盈眉，
宝珠晓露素心含。

**注释**

①萝藦科植物球兰藤茎或叶入药。味苦，性寒。入心、肺、肝经。具有清热化痰、解毒消肿、通经下乳等功效。别名爬岩板、壁梅、雪梅、绣球花等。

②球兰为观花植物，花形奇特，叶肉质。垂直绿化，种植公园、庭园的荫蔽处，也可盆栽观赏。

③见《全国中草药汇编》："清热解毒，祛风利湿。"

**70**

## 重楼①

山坡林沟谷边住，
叶似芍药一茎独。
秋采除须洗晒净，
根状茎棕圆柱出。
凸起粗纹螺丝颜，
痈疽疔疮咽痛减，
解毒虫蛇不入户。②
蛇咬跌伤抽搐除。
重重层楼若高台，
七叶一枝七瓣图。③
霜降节茎顶出果，
风来重楼花影突。
玛瑙纷绽种露头，
一怀清醒笔触涂。

**注释**

①百合科植物重楼属多年生草本植物的干燥根茎入药。味苦，性微寒；有小毒。归肝经。又称七叶一枝花、七叶莲、重台等。功效清热解毒，消肿止痛，凉肝定惊。

②始载《神农本草经》，主治"癫疾，痈疮，阴蚀，下三虫，去蛇毒"。

③重楼的叶通常7片，轮生茎顶，壮如伞，生花1朵，花梗青紫色或紫红色，故称七叶一枝花。

# 71 虎杖①

山坡涧边路旁立，
根茎节长粗壮直。
春秋采挖洗须根，
除杂净透燥干宜。
雌雄异株瘦黑果，
活血散瘀通胀适。
解积驱胀真功力，
活顺四肢经络利。②

芦笋竹子貌有同，
曾做蔗林游击嬉。
昔日农孩零吃食，
嫩枝生嚼酸胃溢。
追忆虎伤药王治，
细细咀咽尝新皮。③

**注释**

①蓼科虎杖属多年生草本植物的干燥根茎和根入药。别名大虫杖、酸桶笋、斑杖、活血龙等，性味微苦，微寒。归肝、胆、肺经。

②见李时珍《本草纲目》："孙真人千金方：治女人月经不通，腹内积聚，虚胀雷鸣，四肢沉重，亦治丈夫积聚。"

③传说，药王孙思邈曾用此治愈山林老虎的腿疾，故得名虎杖。

72
竹茹①

全年割采鲜茎持，
中间绿条削薄丝。
卷曲成团丝条状，
宽窄厚带不等劈。
纤维体轻柔韧弹，
化痰止咳平喘息。②
伤寒凉泄药力缓，
治胃热呕烦渴止。③
亭前梅花道春至，
竹茹清新颜色奇。
躬耕桥头晴空气，
三五老妪红裙戏。
风光此处犹可喜，
青青河边草掩堤。

**注释**

　①禾本科植物青秆竹或淡竹的茎秆的干燥中间层入药。药性甘，微寒。归肺、胃、心、胆经。别名：竹皮，青竹茹，竹二青，淡竹茹等。

　②见《本草汇言》"竹茹清热化痰，下气止呃之药也。"

　③见《本经逢原》："竹茹专清胃府之热，为虚烦、烦渴、胃虚呕逆之要药。"

73

73

小檗①

幼枝紫红老棕褐，
内黄单叶三针颗。②
花开四月秋挂果，
凉爽湿润适应合。
喜光耐荫旱寒乐，
片片金黄满树棵。
清热燥湿泻火毒，
咽痛喉痹痈肿痾。
山野丛林逍遥游，
飞散岗坡挂婀娜。③
细枝叶间一朵朵，
花娇无惧风雨吓。
霜雪磨砺多坎坷，
春花秋实累累歌。

**注释**

①小檗科华西小檗等多种同属植物的根和茎、枝入药。别名子檗、山石榴、三颗针等。味苦、性寒。归大肠、心、肝经。有清热燥湿、泻火解毒、消肿、清肝利胆等功效。

②幼枝紫红色，老枝棕褐色，具刺，单生。花呈黄色，叶缘平展，边缘数枚细小刺齿。

③华西小檗多生长于山坡林缘、灌丛或沟谷等海拔高的险峻之处，花语是坚强刚韧、不畏艰险。

## 74 天冬①

五月夏花白黄蔓，
十月实黑数根满。
纺锤弯曲半透明，
叶若茴香细滑尖。
根白黄紫如手指，
镇心理脏益肤颜。②
清肺生津润燥补，
久咳化痰滋阴绵。③
根短香甜高地见，
根长味苦水侧沿。
抑扬顿挫悦心丹，
芳气苦甘情谊连。
君臣佐使出本经，
沧海物华由桑田。

**注释**

①百合科植物天门冬的块根入药。别名明天冬、满冬、天文冬、肥无冬等。味甘、苦、性寒。归肺、肾、经。始载《神农本草经》。

②见《日华子本草》："镇心，润五脏，益皮肤、悦颜色，补五劳七伤，治肺气并嗽……烦闷吐血。"

③天冬具有养阴润燥，清肺生津的功效。《药性本草》：主肺气咳逆，喘息促急，除热……治湿疥止消渴。

## 75 尾蕨①

初见福州山石上，
四时苗青有节长。
叶片卵状三角形，
兔脚裸露褐鳞旺。
清热祛风除湿毒，
羽状光滑绿浓荡。
咽肿火牙疖疹解，
活血痹痛络通畅。②

匍匐茎垂株态逸，
根茎粗壮横生向。
山地石林干须置，
簪根节蚕煮食汤。③
挂枝条繁多蔓延，
不与杏李比模样。

**注释**

①骨碎补科骨碎补属植物根茎入药。别称龙爪蕨、兔脚蕨、阴石蕨等。味微苦、甘，性凉。入肝、肾经。有清热解毒、祛风除湿的功效。

②见《本草纲目》："骨碎补，足少阴药也。故能入骨，治牙，及久泄痢。"

③始载《本草拾遗》："以草石蚕为名，云：生高山石上，根如簪，上有毛，节如蚕，叶似卷柏，山人取浸酒，除风破血，主溪毒，煮食之。"

76

紫菀①

根状茎斜立直莹，
枯叶被疏纤维挺，
淡紫花瓣奉黄蕊，
潮寒河畔耐涝亭。
秋高气焰力绽放，
一味中药驱风屏。
嗽声气喘虚劳除，
祛痰温肺镇咳平。②

日闲寻常独山道，
松香修竹遮路径。
朝霞烟雨春晖清，
浮光参差庭色凝。
不闻月下红颜老，
但见花间紫菀萦。③

**注释**

①菊科紫菀属多年生草本植物。紫菀的根及根茎入药。味苦，性温。归肺经。别名青菀、紫蒨、返魂草、山白菜等。见明李时珍《本草纲目·草五·紫菀》。

②紫菀有温肺、下气、消痰、止咳等功效。可治风寒咳嗽气喘、虚劳咳吐脓血、喉痹、小便不利等症。

③紫菀花语：回忆、真挚。传说为痴情女子所化，为了早猝的爱人，在秋末静放紫色小花等待爱人漂泊的灵魂归安。

77

**77 木贼①**

路旁山坡溪沼藏，
四季枝叶常绿赏。
长管中空节节生，
根状茎粗地里躺。②
密生细刺锉草糙，
疏风清热散翳障。
喉痛痈肿疟疾退，
活血止血耗气伤。③
埋下寸深固田林，
风吹枝叶晨钟响。
雨后望虹彩鸟翔，
仲夏茶叙友吟唱。
孟秋月里话成行，
谁念寸草亲孙享。

**注释**

①木贼科植物木贼的全草入药。性平，味甘、苦。归肺、肝、胆经。具有疏风散热，解肌，退翳等功效。别名锉草、笔杆草、节节草等。

②见《本草纲目》："丛丛直上，长者二、三尺，状似凫茈苗及粽心草，而中空有节，又似麻黄茎而稍粗，无枝叶。"

③见《本草纲目》："与麻黄同形同性，故亦能发汗解肌，升散火郁风湿，治眼目诸血疾也。"主治目生云翳，肠风下血，喉痛，痈肿，血痢等。

二

叶花呓语

## 78 艾草①

塘边村口小桥巷，
草仙无意诉刚强。
端午添香任艾长，
家家思贤安门梁。②
防瘟抗疫数千年，
更无媚态诎谗疡。
抗菌杀毒是强项，
留守民间万人仰。③
温经止血祛寒伤，
气薰降湿可升降。
苦燥辛散除虫恙，
本草经载草医详。
艾茶艾粥艾叶汤，
强身健体千古扬。

**注释**

①艾草：菊科，蒿属。全草可入药。性温，味辛、苦。归于肝、脾、肾经。别名冰台、灸草、蕲艾、医草等。《本草纲目》记载："艾叶生则微苦太辛，熟则微辛太苦，生温熟热，纯阳也。"

②为纪念伟大的爱国主义诗人屈原，在中国传统节日端午，人们便把艾草插在门窗上，以驱邪避疫保安康。

③艾草可以温经止血，散寒止痛，祛湿止痒，杀菌消毒，活血化瘀等。

## 79 枸骨①

树若女贞肌理白，
叶常八角青翠态。
南山枸木状似栌，
五月细花九月采。
卷曲奇特绿光亮，
皮薄味甘核四瓣。
平益肝肾祛风湿，
阴虚劳热止咳泰。②

枝繁株茂思奇异，
秋后累累果红鲜丽。
喜阳充足气候暖，
颜值引鸟啄饲食。
熟种潮湿低温贮，
藏到来春播时宜。

**注释**

　　①枸骨是冬青科冬青属的常绿灌木，又名功劳叶、枸骨叶、猫儿刺、老鼠刺、羊角刺等。其性味苦凉。归肝、肾经。叶常八角，故还有八角茶、八角刺诸称。

　　②该品入药始见于《本草拾遗》，原名枸骨叶。功效清热养阴，益肾，平肝。用于肺痨咯血，骨蒸潮热，头晕目眩。见《诗·小雅》云：南山有枸。陆玑《诗疏》云：山木，其状如栌。一名枸骨。

**80**

芦荟①

叶簇头尖齿刺轻，
触手四散饱满挺。
活气生新舞步旋，
绣白斑点笔直莹。
健胃下泄增食欲，
保湿润肤柔滑晶。
清热消炎杀菌畅，
止惊除虫痔癣清。②
窗前流连自从容，
厚刀戟亮剑立明。
食补美容保健强，
无私奉献自多情。
细雨幽碧微烟霞，
浮生喜平志坚定。

**注释**

①百合科芦荟属多年生常绿草本植物的叶汁干燥品入药。性寒，味苦。归胃、肝、大肠经。又名中华芦荟、油葱、洋芦荟等。

②芦荟泻下通便，清肝泻火，杀虫疗疳。用于热结便秘，肝火头痛，惊痫抽搐，小儿疳积；外治癣疮。

# 81

## 楠木①

身达百尺胸长襟，
常绿阔叶高大林。
化浊利水散寒湿，
吐泻转筋肿炎隐。
病虫重危相继濒，
陵寝棺椁阴木谨，
阴阳平衡讲究用，
质硬耐腐实梁檩。②
川涧纹美向阳邻，
水浸蚁穴皆不侵。
砍伐枯竭谁知过，
幽芳木油如故沁。
五百年日观桑田，
千眨岁月望海饮。③

**注释**

①毛茛目樟科乔木，药用部分为树皮。味辛，性温，归肺经。是中国和南亚特有，中国二级保护濒危树种。别名香樟。功效温中散寒，行气止痛，祛风除湿。

②楠木木质坚硬耐用，耐腐，香味特殊，能避免虫蛀。见明代谢肇制《五杂俎》：楠木生楚蜀者，深山穷谷不知年岁，色不变也。

③贵州思南县一楠木树龄在1300多年，有"中国楠木王"之称。

**82**

山茶①

乱石堆树穿空萦，
花草藤蔓绕山顶。
风柔鸟鸣围树生，
草木花丛觅茶经。
芽毫内隐泽翠油，
汤色纯正滋味清。
补肺益肝提精神，
清火润肺液津晶。②

一望无际森林延，
山红崎岖采茶行。③
茶生茶伴同命运，
背依青山若画屏。
唐朝远近闻名志，
代代传承玉叶茗。

**注释**

①山茶科山茶属山茶的根叶花皆可入药。叶性凉，味甘、辛、微涩苦。归肝、心经。

②山茶的药用价值有收敛、止血、凉血、调胃、理气、散瘀、消肿、降脂等疗效。《本草再新》：治血分，理肠风，清肝火，润肺养阴。

③桐柏山野茶园与周边生态数万亩的自然森林和四百余种丰富物种形成了天然的生物链。

## 83

## 檵木①

初闻檵木躬身倾，
逢花识字学无境。
霑露满目迎风轻，
风来雨去一抹猩。
跌打扭伤烫伤用，
减痛止血消炎肿。
碧园凌寒挑战柳，
栉次梦幻多情映。②
探春思开细致微，
花型芊芊向阳行。
拂暖红颜园林艳，
缕缕丝丝坠枝影。
深更点星求学伴，
朝起望天问月晴。

**注释**

①檵木（jì mù）：金缕梅科檵木属植物。叶、花、根皆可入药。根、叶全年可采，花于清明前后采，鲜用或晒干。别名有桎木柴、继花、坚漆等。檵字专属此种植物。

②叶：性平，味苦、涩。可止血、止泻、止痛、生肌，用于子宫出血，腹泻；外用治烧伤、外伤出血。花：性平，味甘、涩。可清热、止血，用于鼻出血、外伤出血。根：性温，味苦。功效行血祛瘀。

## 84 蓖麻①

粗壮草本灌木良，
高达屋顶繁茂上。
茎高叶伸若手掌，
秋果椭圆刺猬像。
晶亮油斑籽文艺，
举起串串葫芦糖。
蓖油润滑多用场，②
根立蛮荒顶风翔。

淡雅丽洁心喜洋，
春生夏长迎朝阳。③
昨夜东风捧子芽，
今朝簇穗秀花黄。
平凡一日绿荷伞，
清娴千年遍地芳。

**注释**

①大戟科蓖麻属草本植物。叶、根入药。叶：性平，味辛、甘，有小毒。功效消肿拔毒止痒。根：性平，味淡、微辛。功效祛风活血、止痛镇静。别名大麻子、老麻了、草麻等。蓖麻有毒性，是世界十大危险植物之一。

②蓖麻种子可榨油，为多种工业和医药的重要原料。

③蓖麻一般在"惊蛰"至"立夏"播种。蓖麻的适应性强，各种土质均可种植。

## 85 菘蓝①

喜温爱暖耐冷寒，
直立绿茎顶枝繁。
果梗细长雅致垂，
种长圆褐瓣黄罕。②
植株光滑白粉爽，
温病发热喉痛缓。
清热解毒咽肿止，
根寒味苦驱瘟安。
枝头籽悬叶垂金，
春发连片绿翠园。
大青广谱心仁义，
茂盛花黄嫩模妍。
青囊史载植杏林，
惟见寸草与君蓝。③

**注释**

①十字花科菘蓝属二年生草本植物，又名茶蓝、板蓝根等。菘蓝的干燥根（板蓝根）、叶（大青叶）入药，味苦，性寒。归肝，胃经。功效清热解毒，凉血清斑。

②其茎直立，顶多分枝，植株光滑无毛带白粉霜。

③菘蓝的寓意多才多艺、事业成功、名垂青史。

87

**86**

**南烛**①

山坡路边灌丛安，
喜温酸土耐瘠旱。
株高九尺叶楝苦，
烛果不凋红穗颜。②
秋熟酸美食入口，
益胃养肝肾气宽。③
四时不拘叶茗圆，
散瘀止痛牙疼减。

云吹雪掩山花灿，
六亲仙居揽青烟。
满庭香茎倚天栏，
几树珠垂粒粒丹。
一间旧屋心自宽，
春尽斜影水溪满。④

**注释**

①杜鹃花科，越橘属常绿灌木，别名有乌饭树、米饭树、康菊紫、零丁子等。其叶或枝叶、根、果实入药。味酸；性平。归心、脾、肾经。

②见《本草纲目》：吴楚山中甚多，叶似山矾，光滑而味酸涩，结实如朴树子，成簇。

③见《本草拾遗》："止泄除睡，强筋益气力。"

④是年春节，作者与三家孩子六亲友幽于桐柏山佛教学院前溪流处观天即景。

**87**

## 蔓菁①

疏松透气土壤良，
块茎黄白红色祥，
根形条圆萝卜状，
叶片羽裂球种长。
春苗夏心秋食茎，
四季皆益冬根尝，
叶利五脏明目光，
煎汁温服防疫忙。②
青嫩榨糊煨蔬汤，
收子化油燃灯亮。③
爽润肤滑焕颜驻，
益寿轻身精力壮。
三月风雪更序漫，
芜菁延年清凉爽。

**注释**

①十字花科芸苔属植物二年生草本。性温，味苦、甘、辛。归入胃、肝经。别名为蔓菁、芜青、变萝卜等。据史书载："南北皆有藤，四季皆有。"西南地区称为"诸葛菜"。

②见《本草纲目》："利五脏，轻身益气，可长食之。常食通中，令人肥健。消食，下气治嗽，止消渴，去心腹冷痛，以及热毒风肿，乳痈妒乳寒热。"

③见《本草纲目》："夏初采子，炒过榨油，同麻油炼熟一色无异，西人多食之。点灯甚明，但烟亦损目。"

**88**

## 宛童①

冬春采割除粗茎，
干枝圆柱质脆呈。
叶卷短柄片椭形，
润切芳枝晒燥用。
幼叶细茸花色丽，
风湿通络安胎定。
轻身通神川谷壮，
补肝益肾筋骨强。②

子若覆盆赤黑甜，
春日洞见万木荣。
依倚树上过生活，
白水听歌遇宛童。
坚发齿长明目亮，
待到三月桑树蓬。③

**注释**

①桑寄生科植物桑寄生、四川寄生等的枝叶。味苦、甘，性平。归肝，肾经。功效补肝肾，强筋骨，除风湿，通经络，益血，安胎。又称寄生、寓木、茑木、寄生草等。

②见《神农本草经》上品：主腰痛，小儿背强，痈肿，安胎，充肌肤，坚发、齿，长须眉。

③见《名医》：一名茑，生宏农桑树上，三月三日，采茎，阴干。

# 89 海芋①

直立株高古朴灿，
草本常绿匍匐然。
挺拔茎干粗壮立，
观音滴水庭院展。②
根茎入药解暑感，
头痛身倦行气醅。
散结消肿疗疮痈，
疮毒瘰疬热病撵。③
纯洁幸福秀恩爱，
诚简真洁蕴内涵。
四季青翠呈活力，
生机茶褐青春颜。
叶肥象耳亮丰满，
自然勃发伸舒展。

**注释**

①天南星科海芋属多年生常绿草本植物。味辛，性寒，有毒。归心、肝、胆、大肠经。别名滴水观音、一瓣莲、观音芋、象耳芋、广东狼毒等。

②见《本草纲目》："春生苗，高四、五尺。大叶如芋叶而有干。夏秋间，抽茎开花，如一瓣莲花，碧色。花中有蕊，长作穗，如观音像在圆光之状，故俗呼为观音莲。"

③海芋根茎可入药，有清热解毒、行气止痛消肿散结等功效。

**90 卜芥**①

直立草木茎黑粗，
种子一颗六月出。
环形叶痕芽新枝，
肉壮质圆柱褐足。
解毒退热消肿散，
清热化结驱痛楚。
毒蛇咬伤疗疬见，
肿毒初起尽力扑。③
玉露云香八月醉，
霜瓦檐下越冬去，
果收鲜实娇贵顾。
南北往来诚意固。
无处不在搀扶助，
志同道合仙骨蠹。

注释

①天南星科植物尖尾芋的根茎、叶均可入药，治毒疮。味辛，微苦，性寒；大毒。归肺经。别名老虎耳、独脚莲、观音莲、山芋等。

②卜芥生品有大毒，禁作内服。需经炮制且不可过量。有清热解毒、散结止痛的功效。

③卜芥有抗蛇毒作用。对眼镜蛇毒、眼镜王蛇毒和银环蛇毒的中毒有明显抗毒作用。取鲜根状茎适量去粗皮捣烂敷伤处。

# 91

## 儿茶①

叶青柔枝嫩媚梢，
冬采枝干外皮掉。
大块水水煎浓缩煮，
活血止痛生肌灶。
收湿敛疮化痰出，
清肺热咳津液绕。②
散瘀利水护肝巢，
味苦性凉止渴闹。③

喜暖耐旱抗瘠薄，
唤儿汲水井前淘。
留香齿颊储液光，
活水新泉和枝熬。
含嚼酒醒心胸浩，
提神解忧兴趣高。

**注释**

　①豆科植物儿茶的去皮干、枝的干燥煎膏入药。别名孩儿茶、乌爹泥等。味苦、涩，性微寒。归肺、心经。有活血止痛、生肌敛疮、清肺化痰等功效。

　②见《本草纲目》：清上膈热，化痰生津。涂金疮、一切诸疮，生肌定痛，止血收湿。

　③现代研究显示，儿茶中含有 D- 儿茶精及表儿茶精均有显著保肝作用。

93

**92**

车前①

道沿猪牛马迹找，
春苗茱苢叶大勺。②
根茎粗壮出叶丛，
叶边圆齿皱纹烙。
鼠尾长穗花密赤，
救荒野菜饺子包。
痈肿疮毒清理掉，
利水散痰明目高。③
癫蛤蟆茂野猪草，
耳大风摇籽实饱。
经年轻狂少无知，
钢筋水泥时光抛。
他乡风景再美好，
愿化故土车前草。

**注释**

①车前科植物车前及平车前的全株入药。性寒味甘，归肝、肾、肺、小肠经。车前最初以种子入药，始载《神农本草经》。具有清热利尿、祛痰、凉血明目等功效。

②春分前后，猪马牛均喜食，故得"猪耳菜""牛舌草"之名。古时，它还是一种救荒菜，采其幼苗嫩叶用开水淖后清炒或做菜粥、菜团充饥。见《诗经》《国风·周南·茱苢》："采采茱苢，薄言采之。"茱苢（fú yǐ），即车前草。

③见《本草纲目》："气癃止痛，利水道小便，除湿痹。"见《本草汇言》："主热痢脓血，乳蛾喉闭。能散，能利，能清。"

## 93 厚朴①

深沃疏松厚土盖，
树干笔直花纯白。
被长柔毛喜阳暖，
花大芳香美艳开。
皮厚褐色油润丰，
秋实成熟种子摘。
积食滞气腹胀减，
温中平喘消痰灾。②

木朴厚实得其名，
雨后山林吱吱嗨。
泉塘水深日日澹，
吹散漩涡鱼排晒。
晚归农夫藏大爱，
自足平淡日子泰。③

**注释**

①木兰科植物厚朴的干燥干皮、根皮、枝皮入药。别名厚皮、赤朴、烈朴、川朴等。味苦、辛，性温。归脾、胃、肺、大肠经。有燥湿消痰、下气除满的功效。

②见《名医别录》："温中益气，消痰下气，疗霍乱及腹痛胀满……除惊，去留热心烦满，厚肠胃。"

③花语是纯情之爱。厚朴花盛开时呈白色，开放过程中有种含苞待放的朦胧洁美，故享此花语。

95

94

川七①

蔓篱荫棚攀爬上，
乡野藤本点绿荡。
叶形饱和倒心型，
叶嫩株芽茎下躺。
微苦性温菜蔬用，
补肾强腰瘀散恙。②
止血消肿病弱补，
体弱痹痛护膝伤。
川七三七不同属，③
串串白花睡满墙。
味甘秋实赫然跃，
田间生活吸清香。
静望星烁独山落，
卧听水声云中赏。

**注释**

①落葵科落葵属多年蔓生植物。别名藤四七、藤三七等，味微苦、甘，性温，入肝、肾、大肠经，具有补肾活血散瘀的功效。

②此为藤三七，又名川七，为食药两用植物。

③川七与三七药物来源不同，功效与适应症不同。三七是五加科植物三七的干燥根茎；川七是落葵薯属的珠芽。见《中国药典》，2020年版。

## 95 卫矛①

三月鬼箭生幼苗，
干高三羽箭翎飘。
茎灰褐细长柱俏，
表面光滑枝翅挑。
叶卵椭圆窄形状，
行血通经散瘀消。
清热燥湿杀虫痒，
适应冷旱瘠寒萧。③
古宛苍凉荣枯霜，
转眼冬去迎春芳。
孤锋磨砺煅羽箭，
谁怜惜萎落叶伤。
待到明春漫浩荡，
风雪过后筋骨骄。

**注释**

①卫矛科卫矛属落叶灌木卫矛的根，带翅的枝或叶入药。别称鬼见愁、鬼羽卫矛等，味苦，性寒。归肝、脾经。有行血通经、散瘀止痛的功效。

②卫矛枝翅若箭羽，刘熙《释名》言齐人谓箭羽为卫。此物有直羽，如箭羽、矛刃自卫之状，故名。

③见《神农本草经》："卫矛味苦，寒。主女子崩中下血，腹满汗出，除邪，杀鬼毒、蛊疰。"

## 96 竹心①

春融池暖竹芽尖，
楼前窗边看芯短。
净心佛手捋顺欢，
校园处处竹心见。②
晨清采鲜塘水满，
止渴苦淡除愁烦。
泻火利尿生津液，
消暑化湿解毒烦。③
精诚门前竹间连，
竹竹殷勤劳动颜。
叩枝遍绕望青天，
何须服药问神仙。
仲景园园竹长在，
一生乐锄清饮眠。

**注释**

①禾本科植物淡竹的卷而未放的幼叶。性寒，味苦、淡。归心、肝经。别名竹针、竹卷、竹叶卷心等。用于热病烦渴、小便短赤、烧烫伤。

②作者看到在南阳医专仲景东、西校园内，处处青竹苍劲。

③见《本草再新》："清心泻火，解毒除烦，消暑利湿，止渴生津。"

**97**

## 柽柳①

直立老枝褐红亮，
叶长鲜绿圆卵状，
喜生平原海滨滩，
扦插播种压条秧。

蒴果圆锥夏秋壮，
花谢残花景观壮，
表邪透疹辛发散，
祛风除湿解酒忙。②

极目绿洲四季长，
力挽荒沙换新妆。
万木开颜扬旗帜，
海滩千柽入画框。

不畏风沙战魔狂，
只为赎罪人间降。③

**注释**

①柽柳科柽柳属植物的干燥细嫩叶入药。味甘、辛，性平，归肺、胃、心经。别名观音柳、三春柳、河柳等。有发表透疹、祛风除湿等功效。

②见《本草纲目》："消痞，解酒毒，利小便。"

见《本经逢原》："去风。煎汤浴风疹身痒效。"

③柽柳花语是赎罪，传说其前身是玉皇大帝殿前的植物，因不小心刮烂了玉皇大帝的衣服，被降罪到人间的沙漠中去防风固沙。

# 98

## 苋菜①

白赤紫绿五色苋，
软滑入口甘香鲜。
肥白蒜瓣渐红染，
叶卵菱状披针连。
种子繁殖温润光，
补气除热九窍牵。
清利湿热解肝毒，
瘀散身健长寿仙。②

绿凝不凋秋碧蒿，
默默沉爱热烈勉。
平民菜蔬生命强，
一畦三行故乡恋。
无穷滋味夏三鲜，
积极向上簇簇羡。③

### 注释

①苋科苋属一年生草本植物的根、种子及全草入药。别名雁来红、老来少、三色苋等。味甘，性微寒。归大肠、小肠经。有明目、利尿、去寒热的功效。

②见《本草纲目》："白苋：补气除热，通九窍。赤苋：主赤痢，射工、沙虱。紫苋：杀虫毒，治气痢。六苋：并利大小肠，治初痢，滑胎。"

③见宋代苏颂之《本草图经》："赤苋亦谓之花苋，茎叶深赤，根茎亦可糟藏，食之甚美，味辛。"与蚕豆、茭白合称江南初夏三鲜。

**99**

**茜草**①

山岩沟沟边草丛生，
温暖湿润润适应盛。
棱沿倒刺刺叶四轮，
攀援方茎逆刺棱。
肥砂沃壤秋穗花，
根黄红染羊皮藤。
凉血化瘀通经络，
跌扑肿痛湿痹扔。②
染红衣料胭脂奇，
发散传统沉香气。③
避邪祛病平安保，
清热解毒化肺疾。
分享伤痛呵护情，
为爱守候永恒依。

**注释**

①茜草科茜草属蔓草植物的根和根茎入药。味苦，性寒。归肝经。别名活血草、四轮草、拉拉蔓、过山藤等。

②见《神农本草经》："主寒湿风痹，黄疸，补中。"《别录》："止血，内崩下血，膀胱不足，踒跌蛊毒。"

③最早记载于《诗经》之《国风·郑风》："东门之墠，茹藘在阪。"茹藘：即茜草。茜草根可作红色染料，用于染动、植物性纤维。《别录》："久服益精气轻身。可以染绛。"

**100**

黑荆①

枝棱被灰白色绒，
叶列密被柔毛涌。
种子卵圆黑光亮，
根瘤共菌优良种。
入药树皮立功大，
外伤出血止血冲。②
烤胶树种产量高，
韧性坚强材质重。③
绿化庭院蜜源良，
质固至贵谁与抗。
百年入侵不负名，
形优枝茂花期长。
今值雁南翔飞去，
上书邀云诉衷肠。

**注释**

①豆科相思树属乔木黑荆的树皮入药。别名澳洲金合欢、黑儿茶等。

②黑荆树皮在民间常用作止血剂和收敛剂。

③黑荆是世界烤胶产量高、质量好的树种，因其木材坚重、韧性强，可作建筑、矿柱、车船等建材。

## 101

### 挂兰①

常绿草本玉银根，
根状茎短肥厚嫩。
叶剑绿黄花葶长，
匍枝近顶叶簇纷。
花药矩圆裂常曲，
蒴果三棱种扁甚。②
咳嗽痰多痈肿消，
活血接骨功德真。③
仙仙聚集金边秀。
翩跹凌舞吊姿容。
婆娑盆栽捌叶瘦，
轻垂绿株见飞红。
杯水高冷任春夏，
玉露情韵在心中。

**注释**

　①百合科植物挂兰的全草入药。味甘、苦，性平。归肺经。具有止咳化痰、消肿解毒、活血接骨等功效。别名折鹤兰、吊兰、匍匐兰等。

　②挂兰蒴果三棱状扁球形，种子扁平。原产非洲南部，现广泛栽培，可供观赏。

　③见《文山中草药》："止咳化痰，活血接骨……治骨折：复位固定后鲜挂兰根捣烂敷患处。"

珠兰①

荫蔽湿润山谷盛，
椭圆倒卵叶对生。
花小粟米黄金黄，
坡沟密林酸土正。
茎花芳溢油精取，
花香鲜熏茶叶澄，②
风湿疼痛跌伤止，
茎捣烂敷疗疮剩。

一叶知秋见黄花，
香浓馥思解疲扔。③
形优姿美枝青翠，
雅素静闲生辉萌。
妙姿摇曳九曲珠，
三湘草望幽兰腾。

**注释**

①金粟兰科植物金粟兰的全株或根、叶入药。味辛、甘，性温。归肝经。具有祛风湿、活血止痛、杀虫等功效。别名金粟兰、珍珠兰等。

②花和根状茎可提取芳香油，味极香，可用于熏茶叶。

③因其花小，圆如粟米，色黄金，得名"金粟兰"；其花如珠，其香似兰，又名珠兰。其花语为"隐约之美"。珠兰花香气清新，可缓解疲劳，提神醒脑。

104

**103**

**黄荆**①

山坡路边灌丛挺，
喜光耐旱瘠薄宁。
小枝四棱灰白绒，
根茎味苦微辛平。
清热止咳化痰用，
叶苦果辛理气盈。②
花枝提取芳香油，
根粥叶浴祛湿明。

千年锯板板不成，
万年架桥桥难行。③
挺拔苍野黄姜生，
三五片叶一枝情。
乐居崖寒冰风凌，
冷暖人间青山凝。

**注释**

　　①马鞭草科牡荆属小乔木或灌木状植物根、茎、叶、果均可入药。果实性温，味苦、辛。别名荆条、荆棵、五指柑、布荆等。

　　②黄荆果实止咳平喘，理气止痛。

　　③黄荆在民间有"千年锯不得板，万年架不得桥"的说法，即长不成材之意。但黄荆自有它独一无二存在的多元价值。是杂木类盆景的重要树种。

105

# 104 紫珠①

小雪节气紫出彩，
露寒秀枝俏色裁。②
紫玉如珍粒粒栽，
珠圆挂枝簇簇来。
叶片油沁幽兰气，
收敛止血热毒排。
芳草滋珠落人间，
酷炫小葡晶莹盖。
风调鸟语柳芽开，
雨顺万水二月泰。
不悲西风泣冰霜，
且看紫珠颗颗爱。
万物苍生皆是材，
杏林化泥育人才。③

**注释**

①马鞭草科植物杜虹花、白棠子树、华紫珠的叶入药。性凉，味苦、涩。归肝、肺、胃经。具有清热解毒，收敛止血等功效。别名紫荆、紫珠草。

②紫珠结果期8～11月，正值小雪节气，果实近球形，紫色，一树美丽非凡。

③紫珠花果艳丽，挂果期长，适宜园林栽培、盆栽观赏，是一种野生花卉同时还是一种多用途的中药材。

**105 忍冬①**

海上明月昭云烟。
连翘双花除瘟去，
春来怒放华更艳。
冬至叶落若枯死，
娇嫩龙蔓舞翩跹，
黄蕾金花绿开银，
松缓心神定安眠。
带叶茎枝双宝藤，
笑卧寒冬意志坚。
银花虽小功效大，
清心解毒二花仙。
去火散热食佳品，
调和暑闷酷燥天。
花味甘平性寒变，

**注释**

①忍冬科忍冬属的缠绕藤本植物，其花蕾和茎枝入药。性寒，味甘。归于肺、心、胃经。忍冬是常用中药，功效清热解毒、消炎退肿。始载于《名医别录》。金银花之名则见于李时珍的《本草纲目》。忍冬因其凌冬不凋谢而得名，别称"金银花""二花""双宝花"等。

**106**

## 蒲黄①

多年涧泽苇物植，
根茎横走杂须依。
叶狭线形半抱茎，
雌雄同株圆柱体。
化瘀活血有功效，
黄粉体轻浮滑腻。
道通无滞抗血栓，
疏经止痛功神奇。②

穗赭褐色果细小，
七月草蒲黄花挤。
忙采蒲棒雄花序，
再筛细纯粉香溢。③
蒲草蛔笼闹盛夏，
且待小儿茁壮立。

**注释**

①别名蒲花、香蒲、水蜡丸、蒲草等。香蒲科植物香蒲的雄花花粉。性平，味甘。归肝经、心包经。其功效止血，化痰，通淋。

②见《神农本草经》：利小便，止血，消瘀血。久服轻身益气力，延年神仙。见《本草纲目》：凉血活血，止心腹诸痛。

③七月采收蒲棒上部的黄色雄花序，晒干碾轧，筛取而成花粉。

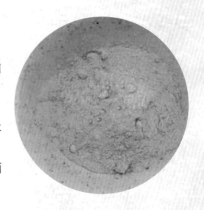

## 107
### 迎春①

落叶丛生株三尺，
细长高昂小枝直。
花单开枝叶后生，
金黄红晕外染丽。
百花之中花开早，
花后百花怒眼齐。②
清热解毒越冬急，
端庄秀丽气质异。
条枝柔弱攀扭依，
斗寒傲雪真独立。
翠蔓花黄堤岸植，
无畏冷霜清香抵。③
但闻四友雪中来，
芬芳馥郁春风里。④

**注释**

①木犀科植物的花入药。花：性平，味苦，微辛。清热利尿，活血，解毒。别名金梅、金腰带、黄素馨、串串金等。

②迎春花是早春花期，百花之中最早开花，花后即迎来百花齐放的春天，故名迎春花。

③见中国北宋王安石："拂去隆冬雪，弄作满枝黄。明花出枯萎，东风第一香。"迎春花赢得东风第一香美名足够响亮。

④中国名贵花卉迎春、梅花、水仙和山茶花合称"雪中四友"。

108

## 茉莉①

小枝圆柱扁中空，
疏被柔毛叶对同。
夏花秋果紫黑萌，
极香闻名花茶供。
花叶药用目赤肿，
止咳化痰有真功。②
雪容玉胎绕清梦，
风来水去香魂动。

仙姿道骨遑芳菲，
飘雅莹雪结缘宫。
邻妹浴罢临妆秀，
爱把花绽梳发中。③
香鸟语哝清襟素，
晨露昏尘曙色涌。

**注释**

①茉莉花：木犀科植物茉莉的花入药。性温，味辛，微甘归脾、胃、肝经。别名香魂、柰花、木梨花等。

②其主治下痢、腹痛、结膜炎、疮毒。

③宋代杨巽斋《茉莉花》中有诗句言："谁家浴罢临妆女，爱把间花带满头。"

**109**

**木棉①**

早春开花三月季，
花开谢下叶后溢。
色艳橙红姿优奇，
四季气象别样异。②
根皮花用入药志，
秋冬慢渐始落蔽。
篱下羊犬悠闲逸，
不倒英雄巍然屹。

浩然时节雨后晴，
天寒屋贫鸟筑基。
英雄热血染红树，
花凋朱颜日渐丽。
壮烈永志有节气，
爱慕长情增珍惜。③

**注释**

①木棉科植物木棉的干燥花、树皮和根入药。花：性凉，味甘、淡。树皮、根：性凉，味微苦。又名英雄树、攀枝花、红棉。见《本草纲目》："木棉有草木二种。交广木棉，树大如抱，其枝似桐，其叶大如胡桃叶……"

②其花可清热利湿、解暑，树皮可祛风除湿、活血消肿，其根可散结止痛。花期3～4月，花色橙红美艳，在干热地区花先于叶开，雨林季则花叶同时在。

③木棉花的花语是珍惜眼前人，寓意爱慕与幸福。见清代陈恭尹《木棉花歌》："浓须大面好英雄，壮气高冠何落落！"

## 110 牡丹①

落叶傲娇灌木伴，

茎高分枝抱粗短。

千载天香浓染繁，

花王国色焕容颜。

谷雨时节游洛城，

万人涌动赏花园。

丹皮清热活血用，

跌仆伤痛止瘀漫。②

谁说寻荫无巷处，

花红等待三月暮。

声名冠群芳独树，

断肠东风难照顾。

最贵气节守春晚，

丹仙物华风骨伦。③

**注释**

①毛茛科芍药属植物牡丹的花、叶、根均可入药。见《神农本草经》："牡丹味辛寒，一名鹿韭，一名鼠姑，生山谷。"牡丹皮可入药：性微寒，味苦、辛。归心、肝、肾经。

②牡丹皮用于温毒发斑、夜热早凉、经闭痛经、痈肿疮毒、跌扑伤痛等症。

③其花大色艳而香味浓，有"花中之王""国色天香"之美誉，牡丹的药食用和观赏价值均佳。其花期农三月"一枝红艳露凝香，云雨巫山枉断肠"。

111

## 晚樱①

心形望远水如镜，
遥望江城粉花樱。
隔着窗户读晨风，
目光穿越层层影。
古宛文叔建新城，
今时邻妈种清樱。
子戏花狂朵朵多，
无约怒放数生灵。
暮色沉迷月亮醒，
再吻樱花醉人酪。
水立方陈年旧往，
这一年花冠猖狞。②
天下一体飞越江，
河湖海泊迎光景。

注释

①晚樱：蔷薇科樱属植物，集速生、红花为一体，其花蕾入药，功效宣肺，止咳，平喘，润肠，解酒。樱花的一种，属于一种重瓣花，它的花期比一般樱花要晚一个星期左右，花期时常可持续一周。

②此指武汉 2020 年开放的晚樱。

112

芫花①

耐旱喜向丘陵驻，
皮褐无毛枝圆柱。
老枝紫深红色呈，
细瘦干燥皱纹足。
嫩枝直萌开新花，
叶对纸质卵圆出。
湿滞泻水祛痰止，
解毒杀虫闷头锄。②

二月紫花七月穗，
果肉质白椭长突。
四瓣红紫采花晒，
陈年久良杀虫毒。
温柔安放启雪冰，
落单孤雁迎风舞。③

**注释**

①瑞香科植物芫花的花蕾及根入药。花性温，味苦、辛，有毒。归肺、脾经。别称药鱼草、老鼠花、闷头花等。见《神农本草经》下品："主咳逆上气，喉鸣喘，咽肿短气鬼疟疝瘕，痈肿，杀虫鱼。"

②芫花可泻水逐饮外用可杀虫疗疮。芫花根可用于解毒散结。

③芫花的根可毒鱼，全株可作农药，煮汁可杀虫。芫花朵呈四瓣，色紫微红，采晒（或烘干）以备药用。见《本草纲目》："芫花留数年陈久者良。"

## 113 玫瑰①

露洒霜牵大爱同。③
敢情浓染叶如苔，
群芳次第雁雍雍，②
红粉黄白莺恰恰，
闻鸡不舞蝶自涌。
东风一日吹高墙，
解毒消结情绪正。
活血化瘀开郁滞，
气息发散芳香升。
一枝一朵花瓣立，
茎上密生尖锐藤。
枝条柔弱软刺直，
花托球形叶互盛。
直立蔓延攀援生，

**注释**

①蔷薇科植物蔷薇的玫瑰花蕾可入药。性温，味甘、微苦。入肝、脾经。有行气解郁、和血、止痛的功效。

②南宋杨万里的诗《红玫瑰》中有"接叶连枝千万绿，一花两色浅深红"，描绘出了玫瑰的枝叶形态多种颜色。

③据史料，玫瑰大约5000年前在中国生存生长，始终是爱、美丽和平等的永恒象征。

## 114 海棠①

姿优花靓烂漫婷，
美化城绿享美名。
一树秋果香入鼻，
园艺粉红白色莹。
花中神仙享尊贵，
驱风顺气舒筋痛，
果蒸煮成蜜饯饼。
解酒去痰止痢停。
红绿繁茂尽朝辉，
玉棠富贵梳春境。②
梅柳风流集雅贵，
彩蜂萦回入画屏。
雨裹霞光昼正长，
千年诗思昭深情。③

**注释**

①蔷薇科苹果属植物，系中国著名观赏树种。海棠种仁可供食用和药用，有驱风、顺气、舒筋、止痛的功效，并能解酒去痰，煨食止痢。

②海棠有"国艳""花贵妃"之誉，栽在皇家园林中与玉兰、牡丹、桂花相配植，形成"玉棠富贵"的意境。

③见宋·苏东坡之名句"只恐夜深花睡去，故烧高烛照红妆"，故海棠雅号"解语花"。

115

## 杜鹃①

五月盛花映山红，
笑迎旭日簇花丛。②
一夜东风漫山芳，
漏斗花冠杏红彤。
花繁茂生艳丽景，
性喜凉爽向风荣。
全株药用活气血，
肾虚耳聋风湿通。

雨锁疫云人匆匆，
谁将愁怨投画屏。
梢头翠烟暮色浓，
吾辈清唱深山中。
君心永在昭月明，
河山绵绵尽染红。③

**注释**

①杜鹃花科杜鹃属的常绿、落叶灌木，别名映山红、山石榴、山踯躅等，最早汉代《神农本草经》记载。其花入药，味甘、酸，性平。具有和血，调经，止咳，祛风湿，解疮毒的功效。

②杜鹃花传说是杜鹃鸟，日夜哀鸣咯血，染红遍山花朵而得名。

③杜鹃花语：爱的快乐、清白、忠诚、思乡。遍野的杜鹃花，是千千万万烈士的鲜血染成的，记载了经年悲壮的抗战。杜鹃花，已经融入中国红色基因文化中。

# 116 木莲①

锦葵灌木叶掌绵，
温暖湿润厌恶寒。
芙蓉醉浓日三变，
瘠泞田地亦繁衍。②

翠绿红艳枝头满。
香浓郁久离污远。
细雨秋风异常鲜，
秋花大柄纯圣颜。

天高水远不识君，
乱石穿空唤春归。
即便荒郊野岭深，
超脱流俗重生贵。

唯有东坡更解爱，
此心花下明月垂。③

**注释**

①锦葵科木槿属落叶灌木或小乔木。味辛，性平；归肺、肝经。别称木芙蓉、醉芙蓉、九头花等，花、叶均可入药，有清热解毒，消肿排脓，凉血止血之效。

②唐末诗人谭用之赋诗："秋风万里芙蓉国"。自此，湖湘大地享有"芙蓉国"雅称。

③宋朝苏轼崇敬白居易的诗词，就取用其诗句"更恐他年有遗恨，晓来冲雨上东坡"中"东坡"一词作为自己的号。此指苏轼的《水调歌头·明月几时有》的境界。

**117**

飞蓬①

山坡牧场林缘堤，
喜阳耐寒沃土地。
淡红紫白种冠毛，
贱草根浅秋枯靡。
飞蓬飞廉菊科属，
外感发热泄泻低。
胃炎皮疹疥痍除，
游乎八方亲兄弟。

轻若飘絮翔于宇，
殊途同归入药益。②
遇风断游随风去，
常寄身世飘零觅。
向往飞蓬欲飞飞，
逍遥天际自由辟。③

**注释**

①菊科飞蓬属多年生草本植物。味微苦、性凉，具有清热利湿、散瘀消肿的药用价值。

②中国古诗文中，飞蓬象征"江湖飘零不由己"，蕴含漂泊无定、孤寂无依的无奈及哀愁。

③见唐·李白："飞蓬各自远，且尽手中杯。""仰天大笑出门去，我辈岂是蓬蒿人。"蓬，即指飞蓬。见曹植《杂诗·二》："转蓬离本根，飘飘随长安。"

119

**118**

腊梅①

山地林中喜耐旱，
深厚生长肥土安。
冰天孕蕾雪中漫，
风流春前金黄颜。
鼻眼浸香叶未见，
佛面奕奕凌霜寒。
根叶理气止痛散，
生津气闷汤解缠。
高风澄澈浩气长，
馥郁蜜蜡恒久绵。②
窗前春雨滴答油，
慈爱独立意志坚。
铮铮傲雪自在仙，
骨气存节天香妍。③

**注释**

①蜡梅科蜡梅属落叶灌木。蜡梅开黄花，
原名黄梅。见《礼记》："蜡也者，索也。岁
十二月，合聚万物而索飨之也。"别名金梅、
腊梅、蜡木、石凉茶、香梅等。

②宋代苏东坡和黄庭坚，见黄梅花似蜜
蜡，遂命名"蜡梅"。"香气似梅，类女工捻
蜡所成，因谓蜡梅"。

③见宋代唐仲友："凌寒不独早梅芳，
玉艳更为一样妆。懒着霓裳贪野服，自然仙骨
有天香。"形容蜡梅凌寒开放，若品格高洁之
士即使遭遇坎坷，却高风亮节。

## 119 花楹①

落叶乔木高大样，
喜光充足乐向阳。
花大美艳种长圆，
凰叶丹凤行道亮。②

眼前红蓝飞花扬，
盈欢花逸池边飘。
利肠护胃助无恙，
补肝益肾养血津。

枝上柳绵更缠人，
日下风吹叫人熏。
蝉对花楹满树鸣，
奢尽万花浸紫润。

迟到残瓣悲伤尘，
落入东流向暮春。③

**注释**

①豆科凤凰木属植物。常见有红花楹和蓝花楹。红花楹又名火树、凤凰木。其花和种子皆有毒，不可误食。有驱虫功效。

②花楹（凤凰木）见宋·陈辉《山村见凤仙花》："叶如飞凰之羽，花若丹凤之冠。"

③花楹的花语：别离，相思与热血青春。

120

香蒲①

湖泊沟池沼泽向，
根茎乳白粗壮强。
茎上渐细叶条状，
叶绿穗奇缀畔塘。
立夏蒲秆早拔除，
雄花花粉入药房。
四月芽鞘采摘忙，
嫩茎叶蔬菜食香。②

依石蒲草瘦涟涟，
傍水蒲根盈满漫。
梨花檐前迎风展，
蒲草清清绕石衍。
嫩芽骨清不输笋，
警世蒲鞭君如蓝。③

注释

①香蒲科香蒲属多年生水生或沼生草本植物。性平，味甘。归肝、心包经。别称蒲草、蒲菜。

②嫩蒲草味道鲜美、口感清爽，是一种时令蔬菜。

③见宋代苏轼诗句："顾我迂愚分竹使，与君笑谈用蒲鞭。"

**121**

**月见①**

开阔荒坡路边沿，
贫瘠耐适抗寒旱。
秋根挖除泥土净，
草本株直分枝绵。
直立粗状茎高缠，
蒴果圆柱种小纤。
祛湿强筋活血通，
息风平肝消肿安。②
晚来见月花开颜，
花谢种长灭毒焰。
清冷高洁月下见，
淡雅仙气画风范。
默默不屈自由在，
沐浴美人魔力显。③

**注释**

①柳叶菜科月见草属植物。味甘、苦，性温。归肝、脾、肾经。别名山芝麻、夜来香等。

②见《全国中草药汇编》："祛风湿；强筋骨。主风寒湿痹；活血通络；主胸痹心痛……"

③花语是"默默的爱"已发生。另说，月见草代表不屈的、自由的心。

122

山丹①

鳞茎春芽破土笑，
花红四月秋冬杳。
花大艳照怡人恬，
色丽鲜活浓郁娇。
醇甜清香甘饴爽，
叶散茎中花妖娆。
滋阴止咳安神志，
润肺虚劳抚烦躁。②

只叹花农气力小，
星罗棋布嶂岩缈。
远山近岭六角燃，
何能守花到云霄。
一颗红心磐石坚，
美好追求盈泪绕。③

注释

①百合科百合属的多年生草本植物鳞茎、
花及种子入药。性凉，味苦、甘，无毒。归心、
肺经。别名红百合、连珠、红花菜等。见《本
草纲目》："山丹根似百合……四月开红花。"

②山丹有润肺止咳、滋阴补阳、清心安神、
补中益气功效。

③见宋代苏辙诗："山丹得春雨，艳色
照庭除。"山丹花语为"坚持斗争"，象征奋
斗中的美丽和幸福。

123

## 山香①

直立粗壮分枝草，
揉开香气荒野跑。
全年开花结果实，
茎叶种草皆药道。②
解表行气利湿毒，
风祛瘀疏止痛妙。
肠腹胀痢疾控灵，
湿疹皮炎痛疮逃。③
平心静气咏天地，
田园绣花风和丽。
群歌三五音袅袅，
若远若近神清怡。
卧龙文脉唱大戏，
时断时续细演绎。

**注释**

①唇形科山香属一年生草本植物山香的全草、种子入药。味辛、苦，性平。入肺、脾、肝经。别名山薄荷，蛇百子，假藿香等。有疏风利湿，行气散瘀等功效。

②花、果期一年四季。山香满身皆宝，茎、叶、种子均可入药。

③见《中华本草》："疏风解表，驱风止痛。"

# 124 马兰①

草丛溪岸山野俏，
见花紫菊苦辛调。②
花托圆锥花舌状，
嫩芽凉拌馅汤肴。
解毒肿炎清热湿，
凉血止血功效妙。
疟疾痔疮散结减，
温热之邪专药消。③
幽兰茎直独丛丛，
妇幼蹓过满筐涌。
与共兰菊请客料，
伴君忧乐清盘盅。
梦里再无冰雪融，
一起良宵听春风。

**注释**

①菊科紫菀属多年生草本马兰的干燥全草及根入药。别名阶前菊、马兰头、马兰菊等。味辛，性寒凉。归胃、肝、大肠经。具有清热解毒、利湿、止血、散结消肿等功效。

②见宋《证类本草》："北人见其花呼为紫烟，以其花似菊而紫也。"

③见《本草正义》："马兰，最能解毒，能专入血分，止血凉血，尤其特长。"

## 125
## 马蔺①

荒地山坡向阳长，
千年生机盎然上。
根状粗木质须扬，
叶编工艺制刷忙。
果实椭圆花纹搪，
黄白光滑茎含髓，
利尿通便湿热除，
退烧解毒驱虫瘴。②

翠韭蕙兰碧草清，
笑惊东风香飘朗。
背风向阳喜健壮，
娇柔若水春深涨。
紫葩绿叶蝶恋舞，
馨香心弦生机盎。③

**注释**

　　①鸢尾科鸢尾属多年生草本植物全草入药。性微寒，味苦、微甘；归肾、膀胱、肝经。别名马莲、旱蒲、荔草、剧草等。有清热解毒，利尿通淋，活血消肿的功效。

　　②马蔺的花晒干服用可利尿通便；种子和根可除湿热、止血、解毒；种子有退烧、驱虫功效。

　　③马蔺草花语是生机盎然、坚韧不拔及温馨浪漫。

126

鬼笔①

竹林阴湿坡洼投，
体软菌盖钟状头。
成熟菌孢液腥臭，
朱红细微皱纹丑。
幼嫩菌蕾即食用，
食用药治筋道柔。
除湿止痛消肿急，
疗痿恶疮功效稠。②

菌上粘物煮熟后，
味脆嫩香清气散。
竹荪灵芝真菌肉，
色味滋道长相伴。
朝生暮死奄奄息，
神出鬼没何惧挽。③

注释

①鬼笔科植物细皱鬼笔的子实体，是一种与竹荪、灵芝一样的真菌。见《本草纲目》："此亦鬼盖之类而无伞者。红紫松虚，如花之状，故得花名。"

②见《本草拾遗》："主恶疮、疽、匿、疥、痈、蚁瘘等，并日干，末，和油涂之。"

③见《本草纲目·菜五·土菌》［附录］："鬼笔生粪秽处。头如笔，紫色。朝生暮死，名朝生暮落花。"

127
款冬①

根状茎干横地长，
早春扦插萌发闯。
花葶两根植盆卉，
先花后叶蕾土藏。
短小圆柱潮凉荫，
疏松肥沃排水良，
味香润肺下气畅，
止咳散痰化寒凉。
冬雪遇见花儿开，
款款忍冻自立生。②
地被植物早春风，
凌寒叩冰留名声。③
风雨播种染寄主，
逢砂河溪山谷丰。

**注释**

　①菊科款冬属植物款冬的干燥花蕾入药。始载《神农本草经》列中品。别名冬花、蜂斗菜等。款冬花味辛、微苦，性温；归肺经；具润肺下气，止咳化痰等功效。

　②见《尔雅义疏》："此花冬荣，忍冻而生，故有款冬、苦萃诸名。"

　③见《本草纲目》："洛水至岁末凝厉时，款冬生于草冰之中，则颗冻之名以此而得。"

**128**

## 报春①

林缘溪畔草丛找，
喜光忌晒晚秋照。
众芳凋零霜未褪，
生机盎然早春到。
红黄橙紫白粉蓝，
咽喉红肿口烂罩。
清热燥湿肝火泻，
痈肿疮疖肠炎跑。
夏秋冬寒花未报，
人勤春来早报到。②
晋代始栽长乐花，
南宋万里花痴俏。③
青春希望欧报春，
五鼓古宛樱催晓。

**注释**

①报春花科报春花属一年生草本植物，其花入药，性凉，味辛、微甘；归肝、胆、脾、胃经。"早春开花"故名"报春"。别名长乐花、樱草等。

②报春花是春天的信使，当大地寒冰，它已悄然花开，色彩繁多，为早春报信。

③南宋杨万里《嘲报春花》："嫩黄老碧已多时，骇紫痴红略万枝。始有报春三两朵，春深犹自不曾知。"

130

## 木豆 ①

砂地山溪林丛见，
扁球种子暗红圆。
小枝纵棱叶互恋，
尊钟黄花蝶形冠。
气微味淡豆腥气，
利湿消肿瘀散减。②
止血活血益气控，
清热利水消食厌。

根茎叶花荚种良，
主食菜肴药用广。
耐瘠薄旱死不怕，
矮灌向上直立长。
野生喜暖潮温向，
荚果千年豆源粮。③

**注释**

①豆科木豆属灌木木豆。别名豆蓉、观音豆、扭豆等。味辛、涩，性平。归脾、肝经。有清热解毒，补中益气，利水消食等功效。

②见《中华本草》："种子可入药，味辛、涩，性平；利湿消肿，散擦止血。其根、叶均入药"。

③木豆是世界第六大食用豆类。它的根、茎、叶、花、荚和种子均有药用价值。

**130**

杠柳①

喜光瘠薄耐寒旱，
叶片卵长柳叶蔓。
小枝对生叶圆长，
光滑藤茎花紫颜。
全根净皮洗晒干，
利水消肿风寒赶。
腰膝酸软筋骨正，
防风固沙水土安。②

此柳非柳灌木矫，
叶断乳白奶流连。③
枝干若棍得杠柳，
数枝拧绳一起缠。
补充营养强体质，
强心升阳无怠慢。

**注释**

①夹竹桃科杠柳属的落叶蔓性灌木根皮
（香加皮）入药。别称羊奶条、羊角桃、羊桃
等。味辛、苦，性温；有毒。归肝、肾、心经。
有消水肿，祛风湿，强筋骨的功效。

②杠柳在防风、固沙等方面作用显著。
当受到风蚀后，不会因根系裸露枯死，而顽强
生长。

③基叶折断后流出的汁液貌似牛奶，故
得名羊奶条。

132

# 131

## 漏芦①

向阳山坡地边挺，
主根粗大直立茎。
管花淡紫花冠长，
羽状叶片裂琴形。
疮痰湿邪腰膝固，
瘦果倒锥黑褐莹。
清热筋舒解毒肿，
口舌生疮消痛定。
久服轻身益延年，②
通脉疮痔痈散停。
苞球风劲晃美景，
不老野兰角蒿盈。
根深三春生态屏，
菊华莲碧草含情。

**注释**

①菊科漏芦属植物漏芦的干燥根、茎及叶入药。性寒，味苦。归胃经。有清热解毒，消痈散结，通经下乳，舒筋的功效。别名狼头花，野兰，鬼油麻等。

②见《神农本草经》列上品："皮肤热毒，恶疮疽痔，湿痹，下乳汁。久服轻身益气，耳目聪明，不老延年。"

**132**

**夜合**①

雌蕊心皮狭长棱，
紫褐色棕小瘤晶。
灌木五月花类球，
花芳气浓香味萦。
忧郁失眠安神用，
行气祛瘀止咳停。
舒肝理郁胸闷驱，
风火眼疾明目清。

花姿玲珑球状样，
半阴半阳肥沃良。
夜闭幽幽含笑锦，
满谷皆闻吻暗香。
风密雨濯压枝绣，
青春正咏日子量。

**注释**

　　①木兰科植物夜合花的花入药。味辛，性温。归肝经。具有行气祛瘀，止咳等功效。别名夜香木兰等。见《广东中药》："治肝郁气痛。"

# 133

## 鹳草①

山坡草地湖泊找，
茎卧分枝叶柄毛。
叶片深裂五角样，
基部心菱锯齿招。
花瓣倒卵纵脉红，
苦辛性平止泻闹。
通络利湿活血畅，
强健筋骨跌伤夭。②
长年累月江河跑，③
山崖老鹳啄鹳草。
免遭阴湿侵袭扰，
祛风红肿消退早。
缘此留名五叶草，
情怀满天霞光昭。

**注释**

①牻牛儿苗科植物牻牛儿苗、老鹳草带果实的全草入药。味苦、微辛，性平。归肝、肾、大肠经。具有祛风通络，活血，清热等功效。别名五叶草、五齿耙、破铜钱等。

②见《全国中草药汇编》："祛风湿，活血通经，清热止泻。主治风湿性关节炎，跌打损伤，坐骨神经痛……"

③相传孙思邈看见老鹳经常啄食这种草，在湖泊间不畏风寒仍身轻体健。继而发现了鹳草可医治风湿，故取名"老鹳草"。

**134**

# 兰花①

山坡林溪幽谷连，
建兰秋兰八月兰。
春兰山兰朵朵妍，
夏蕙线兰九节兰。
翠叶长青花香艳，
春秋素心华贵仙。
顺气疏肝胸闷醒，
滋阴生津润喉安。②
寒梢畔水冰霜欺，
青青河边通雪碧。
唐盛丰华入诗书，
三百旧典明眼奇。
清正艰涩灵均义，
谦谦君子汨江洗。③

**注释**

①兰科植物建兰、春兰、蕙兰、寒兰或多花兰的花入药。味辛，性平。归肺、脾、肝经。具有调气和中，止咳，明目等功效。别名幽兰、蕙、兰蕙等。

②见《本草纲目》："兰花生近处者，叶如麦门冬而春花；生福建者，叶如管茅而秋花。"

③兰花与"梅、竹、菊"并列"四君子"。见《孔子家语》："气如兰兮长不改，心若兰兮终不移。"此处意喻屈原自沉汨罗，坚贞爱国志士忠义如兰遗香绵长。

135

## 桂花①

枝繁叶茂常年芳，
花极芳香花萼长。
裂片不整花冠黄，
梗弱丝短花极香。
果紫歪斜椭圆样，
健脾补虚腹痛帮。
醒神开胃口臭除，
桂花食糕重阳忙。②

双桂冠团三秋香，
黄花细粟霏霏扬。
桂浆月中援北斗，
安知天香结桂翔。③
花中月老岩桂找，
姿端优正冠团昌。

**注释**

①木犀科木犀属常绿乔木或灌木，花可入药。性温，味辛；归肺、脾、肾经。别称木樨、木犀、九里香等。

②桂花系中国十大名花之一，早在2500年前，中国已栽培桂花。古时人们用桂花除口臭，还做成桂花糕，又称"重阳糕"。

③见屈原《九歌》："援北斗兮酌桂浆，辛夷车兮结桂旗。"

三

果种奉生

**136**

金樱①

向阳山野石岩溪，
灌木丛中斑斓奇。
银花蕊黄香土丘，
棕红貌似花瓶立。
上存花萼下端利，
体刺脱落止泻痢。
酸甘平涩入肾来，
滋阳健体美誉系。②
河畔路边到处倚，
身姿靓比杜鹃丽。
金樱肉果柔肠软，
个大色红光泽异。
清雅秀气款款依，
胸怀晴空盘云起。③

**注释**

①入药部位是蔷薇科植物。金樱子的干燥成熟果实。性平，味酸、甘、涩。入肾、膀胱、大肠经。饮片名为金樱肉，金樱子，刺梨子等。

②金樱子有固精缩尿，涩肠止泻等功用。

③《本经逢原》记载"金樱子止小便遗泄，涩精气，取其甘温而涩也；久服养精益肾，调和五脏，活血驻颜，耐老轻身。"

**137**

龙眼①

胃开智长安神妙。③
名贵食材滋养补，
粥炖汤熬药膳要。
耐水造船细工良，
光亮质坚厚重到。②
南方四果珍奇异，
不畏气血悸心闹。
果富益脾健脑窍，
失眠健忘萎黄逃。
种含淀粉酿酒造，
果色棕黄硬壳毛。
春夏芳放花瓣明，
喜暖湿润耐霜罩。
苍繁株茂向上高，

**注释**

①龙眼，无患子科龙眼属植物常绿乔木。性温，味甘，具有补益心脾、养血安神的药用功能。见北魏贾思勰《齐民要术》："龙眼一名益智，一名比目。"龙眼成熟期在桂花飘香的农历八月，古时称八月为"桂"，龙眼果实圆形，所以又称龙眼为"桂圆"。

②龙眼和荔枝、香蕉、凤梨并称中国华南地区的四大珍果。素有"南桂圆，北人参"之称。

③龙眼是著名的长寿果，和山药、红枣以及银耳等补气滋养食材共同熬粥炖汤，作为药膳食用，有美容养颜，滋补身体之效。李时珍："龙眼大补""资益以龙眼为良"。鲜果有开胃健脾，补益安神功效。

138

桑葚①

食药入口味酸甘，
微寒滋补肾心肝。
四六月间果实红，
采下收晒间蒸干。
叶饲蚕宝天然果，
生津止渴润肠安。
耳鸣心悸失眠缓，
乌发晚白消渴含。
蜜蜂嗡嘤樱桃红，
明目张胆疲劳减。
游子归来故乡亲，
桑梓念兹在心间。②
怀挂紫红酿酒饮，
待时春风化雨田。

**注释**

　　①桑科植物桑树的干燥果穗。性寒，味甘酸。补血滋阴，生津润燥。又称桑椹子、桑枣、桑果、乌椹等。被称为"民间圣果"。

　　②中国古代人民有房前屋后栽种桑树和梓树的传统，常以"桑梓"代表故土、家乡。

**139**

蓝实①

河内平泽低处产，
一月苗尖叶蓼蓝。
五月花绽穗红淡，
长茎直如蒿花白颜。
草茎直立时分枝。
清热凉血解毒丹，
阳毒斑疹伤咽喉肿，
浓汁多饮邪不缠。②
顶端圆钝缘齐剪，
瘦果心底光泽蓝。
蓝忧蓝喜爱实蓝，
蓝是日子不复返。
蓝诉梦乡故土蓝，
蓝自星辰大海蓝。

**注释**

①蓼科植物蓼蓝的果实。别名蓝子、大青子、青黛实等。味甘、苦，性寒。归肝经。

②见《本草逢原》："《本经》取用蓝实，乃大青之子，是即所谓蓼蓝也。性禀至阴，其味苦寒，故能入肝。专于清解温热诸邪也，阳毒发斑咽痛必用之药。"

**140**

## 山楂①

望向枝头口水涌。
花谢挂满绿豆油，
待到秋浓玛瑙红。
初夏山檀雪花闹，
从容挺胸伴霞拥。
伟岸风中迎日头，
增殖浸润转移通。②
黄酮牡荆抑癌生，
消食化滞活血功。
行气降浊健脾胃，
秋熟收切干燥耸。
核硬肉薄味酸微，
叶宽卵形稀菱空。
落叶乔木皮粗庸，

**注释**

①蔷薇科山楂属植物，山里红山楂干燥成熟果实入药。别名鼻涕团、山里红、山里果。性微温，味酸、甘。归脾、胃、肝经。中国特有的药果兼用落叶乔木。

②山楂有消食健胃，行气散瘀，化浊降脂的功效。

**141**

**槐实①**

落叶乔木数丈高，
径直三尺坐胸抱。
经冬不落荚果俏，
喜光旱寒傲霜到。
冬恋收割除泥杂，
燥干芳香药柜要。
清热泻火肝热止，
乌发护肤颜不老。
老街斜桥立老槐，
七月花繁雪妆妖。
枝虬苍劲歇鸣蝉，
白苏串串濯尘躁。②
浓翠清心夏荫茂，
千年国槐流光照。③

**注释**

①槐实是中国特有豆科植物槐树的干燥成熟果实。味苦，性寒。归肝、大肠经。别名槐角、金药树、护房树等。见《名医别录》："槐实……服之令脑满，发不白而长生。"中国民间谓槐树为济世之材。槐花是蜜源，树干木材，槐米（未开之花）、槐枝、槐叶、槐根、槐实，可入药，浑身是宝。

②苍劲的树臂，鸣累的蝉儿在歇息。流苏般的白花串串缕缕，濯洗凡尘俗躁。

③中国古代槐树象征吉祥，寄托了劳动人民对美好生活的希冀。文人以槐宰喻宰辅，以槐卿喻三公九卿，以槐衢喻朝廷，以槐宸喻皇帝宫殿，以槐秋喻科举之年等。

## 142 奶蓟①

双面色绿白斑莹，
莲座基生茎叶柄。
小花红紫丝短宽，
瘦果扁压长椭形。
辨证施治护肝健，
种萌力强落地醒②。
损耗正气伤寒凉，
解毒消痈散结停。
乡间田径踏歌行，
春柳向前闻风朗。
一垠碧水涟漪起，
万里无云暖流淌。
鼓乐陶笛天籁响，
起举书剑同日烺。

**注释**

①奶蓟是一年生或二年生草本菊科植物的干燥成熟果实。入药部位别名水飞蓟、小蓟、圣蓟或幸福蓟、老鼠筋等。性凉，味苦有清热利湿、疏肝利胆护肝等功能。

②奶蓟种子萌发力强，落地可生。

## 柿树①

十年树冠枝舒展，
终见花挂果色恬。②
深根阳性喜温暖，
厚植肥沃湿润颜。
柿果代粮救荒忙，
止血润便味道酣。
滋脾补胃肺燥止，③
山柿朱柿帝王涎。

荫夏碧绿色红变，
历过严霜返荣妍。
唯君秋实望空明，
眠后听风无相牵。
累累满庭涵心情，
眷眷人生省察安。

**注释**

①柿科、柿属落叶大乔木。柿树是中国栽培悠久的果树。果实可入药。味甘、涩，性凉。归心、肺、大肠经。

②作者在黄石庵农场偶遇小柿树苗，移栽至住家土道，十一年后竟奇迹般开满柿花，繁荣挂果。

③柿子药用价值能止血润便，缓和痔疾肿痛等。柿饼润脾肺补胃止血。柿霜饼和柿霜能祛痰镇咳，压胃热，解酒等。

146

## 144 欧李①

阳坡山地庭院站，
株矮色繁花开妍。
花相花期形似樱，
瓣纯白粉玫红漫。
入梦似锦显大观，
核果若球着紫连。
种仁入药润肠便，
味鲜美佳可口涩。②

春来青唤条枝煐，
风去雨荡萌芽灿。
阳暖气吹欧花点，
早起见粉芳蕾艳。
殊香味引蝶蜂聚，
翩翩起舞吻红颜。③

**注释**

①蔷薇科、樱属灌木植物。别名钙果、高钙果、乌拉奈等。种子（郁李仁）味辛、苦、甘，性平。润燥滑肠，下气，利水。

②欧李是传统中药郁李仁的主要原植物，具清热、利水之功。用于津枯肠燥，食积气滞，腹胀便秘，水肿，脚气等。已有2000多年的药用历史。

③欧李果实鲜香诱人，味美可口，是高档果品的最佳选择。素有"中国樱花"美称。

**145 诃子①**

三尺径高灰皮着，
叶片卵形圆锥椭。
穗圆花序核坚硬，
乔木常绿挂青果。
疏林丛暖喜湿润，
状若橄榄入药锅。
诃子黎勒敛肺肠，
久泻喘咳疗虚脱。②
清凉解毒中药方，
失音咽痛益气阳。
药食同源膳两用，
菊花罗汉茶妍香。
散饮和胃粥家常，
降火去嗽媚模样。

**注释**

①使君子科诃子属乔木。别名诃黎勒、藏青果等。果实可入药，味苦、酸、涩，性平。归肺、大肠经。种子狭长纺锤形，子叶白色重叠卷旋。见明代李时珍《本草纲目·木二·诃黎勒》。

②诃子具有涩肠止泻，敛肺止咳，降火利咽之功效。常用于久泻久痢，便血脱肛，肺虚喘咳，久嗽不止，咽痛音哑。

## 146 乌梅①

小乔弱灌枝绿罕，
花香味浓叶卵圆。
敛肺涩肠生津咽，
虚劳久咳消渴感。
果炒方药乌梅丸，
蛔厥呕吐腹痛减。②
烧灰细研头疮痉，
良医千方薰灸安。

本性难移呲牙酸，
久卧白河啖三千。③
跨桥岸南寻清影，
风闻梅香披月还。
疏影横斜水溅裳，
吟诗从心音飞天。

**注释**

①蔷薇科植物梅的干燥近成熟果实。味酸、涩，性平。归肝、脾、肺、大肠经。别名梅实、黑梅、熏梅等。

②乌梅具有敛肺，涩肠，生津，安蛔之功效。用于肺虚久咳，久泻久痢，虚热消渴，蛔厥呕吐腹痛。见《伤寒论》乌梅丸。

③白河：南阳市白河流域。乌梅在中国各地均有栽培，以长江流域以南各省居多，江苏北部和河南南部也有少数品种。

**147**

苦楝①

落叶乔木十米高，
羽状复叶顶生毫。
举手路旁旷野多，
果皮木质种圆包。
秋冬两季成熟期，
采收晒干烘备炒。
一室一子气味异，
良药味酸苦缠绕。②
朝云风微飘楝花，
暮雨雪唤吹紫纱。③
林院浓荫芳草依，
田野开遍麦秋扎。
风流蝴蝶双飞起，
韶光烂漫漫彩霞踏。

**注释**

①楝（liàn）科，楝属落叶乔木。别名苦
楝子、苦心子、楝枣子、土楝子等，中药材名，
主治行气止痛；杀虫。性寒，味苦，有小毒；
归肝、胃经。

②苦楝属材用药用植物，其花、叶、果实、
根皮均可入药，根皮可驱蛔、钩虫，用苦楝子
做成油膏可治头癣。

③谷雨节气，苦楝开出淡紫色花。微风
暮雨将朵朵楝花吹落满地宛如紫纱，预示着夏
季临近。

## 148

### 苍耳①

田梗丛丛纺锤状，
三角浓浓鸭掌样。
茎上纵沟叶似心，
夏花秋果荒野旺。
总苞钩状毛刺挂，
种作榨油桐油仿。②
油墨肥皂润滑料，
果药散寒祛风伤。

屋后田园苍耳长。
独玉山下萤火晃，
苍耳勾粘满衣裳。
归晚夜色揪胡荽，
池塘青蛙鸣穿墙。

秋声忽悠秋野凉，③

**注释**

①苍耳：菊科，苍耳属一年生草本植物，全草都可入药，性微寒，味苦、辛。有小毒。别名卷耳、菤、苓耳、白胡荽、爵耳等。

②苍耳总苞具钩状硬刺，易贴附于家畜和人体。种子可榨油，苍耳子油与桐油的性质相仿，可作油墨、肥皂、油毡的原料，制硬化油及润滑油。

③苍耳子是一味解表药，系苍耳干燥成熟带总苞的果实。辛温有毒，不能过量。具有散风寒，通鼻窍，祛风湿等功效。

# 149 五味①

溪边渠沟绿枝蔓，
春华秋实红万山。
褐藤不老耐风寒，
果奇甜苦辣酸咸。②
五味齐全气血扶，
晶若玉紫胜王冠。
琼珍灵芝合安眠，
补肾心宁惠平汗。③
生长野恋漫山川，
尝遍苦辛凝霜丹。
串串红枫影霞艳，
满满精华滋养缠。
舒心功虚宜宁神，
乐与黎民同在檐。

**注释**

①木兰科植物五味子的干燥成熟果实。常用品种为"北五味子"。五味子药性温，味酸、甘。归肺、心、肾经。别名玄及、五梅子、山花椒、五味子等。最早见神农本草经上品中药，药用价值高，有滋补强身健体之效。

②五味子五味俱备，唯酸独胜；见唐《新修本草》，"五味皮肉甘酸，核中辛苦，都有咸味"，故有五味子之名。

③五味子上能敛肺止咳平喘，下能滋肾涩精止泻，内能生津宁心安神，外能固表收敛止汗。

## 150　苦瓜①

爬蔓攀架弱弱草，
分枝茎长柔柔毛。
细致叶柄脉掌状，
貌若蟾皮披绿袍。
虽是平日家常菜，
糖降火祛功劳高。
惟愿甘甜平生绕，
明目张胆消心躁。②

三张薄片烹脑油，
青藤寞寞盼月圆。
寒凉风味苦口秀，
又度春秋再满园。
风尘暖暖滚滚浪，
闻君乐苦功德远。③

**注释**

①葫芦科苦瓜属植物，性寒，味苦。归心、脾、肺经。别名锦荔枝、癞葡萄、红凉瓜、癞瓜等。

②苦瓜有清热解毒、明目、养颜嫩肤、降血糖、养血滋肝、消炎退热的功效。

③民间传说苦瓜有"不传己苦与他物"的品质，与任何菜同炒同煮，绝不会把苦味传给对方，是"有君子之德，有君子之功"的"君子菜"。

## 151 故子①

溪沿山旁田边地，
平常杂草野生植。
秋果成熟短穗实，
晒干除杂入药匦。
叶阔卵形三角状，
茎立枝坚纵棱直。
补肾阳进下元使，
暖脾健胃心定止。②
叶状薄荷纹脉沉，
性温气香苦辛知。③
唯有热爱岁月好，
短暂漫长皆自立。
平和心境乐观在，
新陈代谢强体质。

**注释**

①豆科植物补骨脂的果实。味辛、苦，性温。归入肾、脾经。别名婆固脂、破故纸、补骨脂等。

②故子主治补肾助阳。具有固精缩尿、纳气平喘、温脾止泻的功效；外用消风祛斑。

③故子叶呈卵圆形，像薄荷叶。

## 152

# 茱萸①

天生味酸变色繁，
春绿夏清秋冬艳。
嫩蕊黄颜果尚寒，
固精祛热性极端。
秋来蔓蔓朱红状，
娇羞娜娜老少馋。
一味山萸汗出通，
去疾防瘟辟邪连。②
重阳登高茱萸囊，
饮菊久长延寿安。③
放眼茱萸山川漫，
无际连翘踪迹延。
如约春寒风笑我，
来年重逢茱萸伴。

**注释**

①山茱萸科植物山茱萸干燥成熟果肉入药。性微温，味酸、涩。归肝、肾经。具补益肝肾，收涩固脱之效。别名蜀枣、魃实、鸡足、山萸肉等。

②见《神农本草经》："茱萸，味辛温。主温中，下气，止痛，咳逆，寒热，除湿血痹，逐风邪，开腠理，根杀三虫。"

③中国自古有重阳节佩戴茱萸囊的习俗。茱萸和菊花是重阳节吉祥物，前者是"辟邪翁"，后者名"延寿客"。重阳节佩戴茱萸囊或插茱萸"辟邪"，正值农历九月初九，饮菊花酒"延寿"长久。

**153**

火麻①

直立草本高三米,
灰白色伏毛生密。
叶掌裂状披针形,
收剥雌苴果穗枝。
茎皮纤维长且坚,
织麻布纺绳索制。
润燥滑肠便通利,
甘平劳散力破积。②

偏执痴癫惊厥起,
麻痹成瘾神经劫。
昔年炎黄魂魄丧,
虎门硝烟救国切,
警钟长鸣报国志,
铭忆辱耻中华结。③

注释

①桑科大麻属植物的干燥成熟果实入药。性平,味甘。归脾、胃、大肠经。别名大麻仁、线麻子等。具有润肠通便等功效。

②雌雄异株,雄株称枲(xǐ),雌株称苴(jū)。花称"麻勃",治恶风,经闭,健忘。果壳苞片称麻蕡(fén),有毒,治劳伤,破积、散脓,多服令人狂。

③1839年6月,林则徐下令在虎门海滩销毁鸦片。展示出了中华民族反对外来侵略的壮志豪情,对中国人民抗击外来侵略有着重大意义。

## 154

荜茇①

喜肥丛生坡林行，
攀援藤本枝纵棱。
雌雄异株穗花序，
叶厚纸质细腺形。
果穗镇痛健胃强，
温中性热暖腹萦。
破滞开郁果实用，
五劳七伤根释净。②

茎细如箸蒟叶貌，
子似桑椹穗果包。
秋桂摘采圆柱香，
黑褐聚微辛热泡。
下气除痰浮燥去，
阳明湿风头火跑。③

**注释**

①胡椒科荜茇种荜茇属植物的干燥成熟果穗入药。味辛，性热，入胃、大肠经。又名荜拨。

②荜茇主温中散寒，下气止痛。见《本草纲目》："治头痛，鼻渊，牙痛。"

③中医学上五劳指心、肝、脾、肺、肾五脏的劳损；七伤指大饱伤脾，大怒气逆伤肝，强力举重、久坐湿地伤肾，形寒饮冷伤肺，忧愁思虑伤心，风雨寒暑伤形，恐惧不节伤志。泛指虚弱多病。

# 155 香荎①

黑褐果穗弯曲呈，
果柄纵沟折断盛。
粉尘飞出气殊异，
辛辣不霉味浓升。②
秋果成熟采摘季，
晒后纵剖再晒蒸。
皮黑肉白桑椹貌，③
温中散结除牙痛。
蔓生植物辛香长，
叶若王瓜水云乡。
金风玉露添秋芳，
春风十里逸清光。
月色凭阑河汉横，
江天似水正梳妆。

**注释**

①胡椒科植物蒟酱的果穗。别名浮留藤、扶恶士、蒌藤等。性温，味辛；归肺、脾经。有温中下气，消痰散结，止痛的功效。

②见《纲目》："气热，味辛。阳也，浮也。"

③香荎形似桑葚，见《唐本草》："蒟酱生巴蜀。蔓生，叶似王瓜而厚大，味辛香，实似桑椹，皮黑肉白。"

## 156 毕茄①

落叶灌木十米长，
全体无毛烈姜香。
根圆锥状灰白色，
灰褐茎皮小枝扬。
叶柄长圆叶先放，
淡黄花小果球状，
叶治痈疖肿痛除，
胃寒呕逆根上场。②

闻香除暑气流旺，
鸟鸣雀叫唤天长。
荷田露润香蔼蔼，
微风雨沐影煌煌。
乡间小友老桥在，
梦里飞舟入荷塘。

**注释**

①胡椒科植物毕澄茄或樟科植物山鸡椒的果实，别名毕澄茄、毗陵茄子等，性温，味辛。归脾经、胃经、肾经、膀胱经。用于温中散寒，行气止痛。

②毕茄的叶子外用治痈疖肿痛，虫蛇咬伤，根用于胃寒呕逆，寒疝腹痛，寒湿郁滞，小便浑浊。

## 157 零榆①

落叶乔木胸怀宽，
干癣埂边照参天。
三月生荚八月实，
二月采白皮晒干。②
涂搽白皮游肿研。
利水便利虚劳除，
嫩叶蔬汤食欲安。
安神焦虑慰失眠，
丹荚飘落碾作泥，③
头身疮长皮末浸。
花开东风随人愿，
骤雨还晴家榆金。
盆地独玉森林翠，
放眼百草皆开心。

**注释**

①零榆是榆科植物榆树的果实。榆树皮或根皮、榆叶、榆花榆荚仁皆可入药。别名白粉、榆钱树、家榆等。榆皮性味甘、平。榆钱（果）微辛、平。

②列《神农本草经》上品。见《别录》："榆皮生颍川山谷。二月采皮，取白曝干。八月采实。并勿令中湿，湿则伤人。"

③见《本草纲目·木二·榆》引宋王安石《字说》："榆潘俞柔，故谓之榆。其粉则有分之之道，故谓之粉。其荚飘零，故曰零榆。"

## 158 营实①

田陵路旁川谷生，
攀援刺枝常绿藤。
红褐紫色球果奇，
山棘花瓣白优正。②
消炎杀菌溃疡止，
咽喉肿痛音嘶盛，
痈疽跌筋利关节，
祛风活血解毒澄。
蔓绕篱爬娇艳滴，
小针刺芒勿近距。
米花鲜粥解暑食，
香气油露清四溢。③
性阳喜光耐寒立，
自在热恋浓情依。

**注释**

①蔷薇科植物野蔷薇的果实入药。别名
蔷薇子、石珊瑚、山枣、山棘、多花蔷薇等。
味酸温，性凉。归肝、肾、胃经。具有清热解
毒，祛风活血，利水消肿之功效。

②见《本草经集注》："营实即是蔷薇子，
以白花者为良。根亦可煮酿酒，茎叶亦可煮
作饮。"

③见《本草纲目》："南番有蔷薇露，
云是此花之露水，香馥异常。"

159

# 苏子①

适温向暖湿润长，
果实卵圆类球状，
色紫绿艳唇冠花，
熟晒秋果杂质扬。
灰棕褐紫暗纹网，
润燥平虚心温痛止，
利膈宽心温痛止，②
开胃通便胀消畅。③
殊芳异香茎直立，
梦萦绕肠春风里，
粉面桃花雨落迟，
香闻真切孤根直。
灵性解郁尽孝悌，
三子养亲汤涩溢。④

**注释**

①苏子是唇形科植物紫苏的干燥成熟果实入药。性辛，温。归肺、大肠经。又名荏子、紫苏、野苏、苏麻等，是唇形科，紫苏属下唯一种。

②见《本经逢原》："诸香皆燥，惟苏子独润，为虚劳咳嗽之专药。"

③见《药性赋》："紫苏子兮下气涩"，主要是降气消痰，平喘润肠。中医药性理论认为，种子类药是植物枝头往下掉，质重是精华的凝练，善于降气达下焦。

④三子养亲汤有苏子、白芥子、莱菔子，此方剂善治老年人胸中痰喘咳逆，可降气消痰，止咳平喘。此方顺气化痰，以尽孝道。

**160**

葫芦①

草本攀援夏秋花，
立冬熟果晒葫瓜。
雌雄同株性暖向，
幼苗怕冻嫩绿滑。
最喜果蔬食用鲜，
晒干掏空器物挂。
利水消肿散结逐，
颈淋润肤疹毒拔。②
大道虚心此通仙，
鸡犬无闻自闲情。
大小福地有洞天，③
棒瓢海豚壶多形。
丰园葫芦绿黄轻，
庙墙串联念唱经。

**注释**

①葫芦科葫芦属爬藤植物葫芦的干燥种子入药。性味酸、涩，温。甘，平。入肺、胃、肾经。别名葫芦壳、抽葫芦、壶芦等。

②见《本草纲目》："消渴恶疮，鼻口中肉烂痛。利水道。消热，服丹石人宜之。除烦，治心热，利小肠，润心肺，治石淋。"

③葫芦者，福禄也。风水中有"清风化煞"之用。古代吉祥图案中有关于葫芦的寓意，如"子孙万代""万代盘长"等。

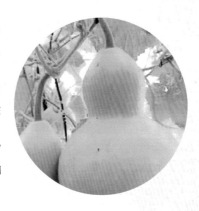

161

榆钱①

春风吹雨潜入泥，
林前屋后见翠衣。
庭荫绿化营护林，
树皮果叶入药屉。
安神助弱利眠亲，
强身免疫有力气。
风帆榆钱生津香，
健胃益脾消食积。②

雪打春分二月暮，
一杆一捋采满屋。
一夜细泽润万物，
状若蝶翅纷纷出。
农锅粥暖经年久，
馋涎奶奶蒸榆蔬。

**注释**

①榆科榆属植物榆树的翅果，种子居中间，淡绿或黄白簇生，间断着生缀满枝头。性平，味甘、微辛。入肺、脾、心经。榆钱因外形像中国古代的铜钱，故得名。

②榆钱具有健脾安神、止咳化痰、清热利水的功效；见《本草纲目》："作糜羹食，令人多睡。主妇人带下，和牛肉作羹食。"

## 162

**丝瓜**①

攀援草本茎枝壮，
棱沟柔毛须壮央。
花冠幅样色黄橙，
夏秋嫩摘时鲜尝。
骷髅老瓜霜后干，
食蔬两用入药缸。②
身热烦渴咳嗽减，
痈疽疮疡肿毒亡。
张望老农培嫩韭，
花翠黄缀蔓绕墙。③
花褪绿身生长长，
内秀白霜容光强，
角豆穿篱瓜累秧，
春雨如油鲜活扬。

**注释**

①葫芦科植物丝瓜的鲜嫩果实或霜后干枯的老熟果实（天骷髅）。味甘，性凉。归肺、肝、胃、大肠经。清热化痰，凉血解毒。别名天丝瓜、天吊瓜、洗锅罗瓜等。

②见《本草纲目》："丝瓜，唐宋以前无闻，今南北皆有之，以为常蔬。"

③从古代开始栽培丝瓜就用点播或者育苗移栽的方法。蔓长后搭棚架，供瓜蔓攀爬。

**163**

山栀①

花瓣渐变乳黄颜，
果实卵圆肉质干。
叶若兔耳披绿长，
重瓣栀子花苦寒。②
清除血邪热肠痢，
消肿止痛解热烦。
肝火目赤心静凉，
头痛疮疡肿毒安。③
不知栀枝几时栽，
满丛鲜活清气溢。
春深锁定同心开，
闹市风雨馥香奇。
鸟语和音乐长响，
花农苦乐惟自怡。

**注释**

①茜草科植物山栀的干燥果实入药。别名鲜支、卮子、越桃、山栀花等。味苦、性寒，归心、肺、三焦经，具有泻火除烦、清热利湿、凉血解毒的功效。

②见《本草纲目》："栀子，叶如兔耳，厚而深绿，春荣秋瘁。入夏开花，大如酒杯，白瓣黄蕊。"

③见《本草纲目》："疗目赤热痛，胸、心、大小肠大热，心中烦闷。去热毒风，除时疾热……"

**164**

**麦芽**①

适宜水温幼芽苞，
长约五毫晒干燥。
清洗净置砂锅熬，
煲汤饮用营养高。
麦芽炒熟开水泡，
行气健脾化奶胀，
和胃解郁疗效好，
止燥调肝热渴消。②

小满又至雨丰均，
花气争袭浓恣薰。
风拂头低绿齐新，
挥锨扛包颈骨俊。
来年再战播种时，
浮生值得几度巡。③

**注释**

①禾本科植物一年生草本大麦的成熟果实经发芽干燥的炮制品。性凉，味甘。归入心、脾、肾经。麦在新石器时代是人类对其野生驯化后的产物，栽培史达1万年之久。

②见《别录》："除热，止燥渴，利小便，养肝气，止漏血，唾血。"

③见唐朝白居易《观刈麦》"夜来南风起，小麦覆陇黄……力尽不知热，但惜夏日长……"描写出麦收时节的农忙之象。节约珍惜粮食是美德。

## 165 枳壳①

常绿小乔枝棱扬，
柄短花白七月忙。
果绿横切两半球，
质坚瓤囊种子藏。
外果皮褐颗粒突，
味苦气清微酸尝。
理气宽胸滞胀消，
消疹化痔行气畅。
消疹化痔行气畅。②
此物声名播远长，
遍治身风疹子痒。
躬耕桥头路斜西，
三层步道健心房。
雨后彩虹架南北，
隔巷犹闻枳花香。

**注释**

①芸香科植物酸橙接近成熟的果实入药。性温，味苦、辛、酸。归脾经、胃经。别称只壳、商壳等。

②见《药性论》："治遍身风疹，肌中如麻豆恶痒，主肠风痔疾，心腹结气，两胁胀虚，关膈拥塞。"

## 陈皮①

成熟橘实取果皮，
阴晒干缩皱褶衣。
橙红棕纹凹下室，
质梢硬脆易鄙弃。
煎服润肺舒气息，
岂知理气化痰奇。②
健脾醒神益寿慈，
舒血除病疗痼疾。
千年贡品万古喜，
煮茶烹味饮鲜奇。
柑橘成陈留青史，
自古陈皮老幼迷。
九州再起收藏热，
恒世惊醒科普始。

**注释**

①芸香科植物橘及栽培变种的干燥成熟果皮入药。药材分为"陈皮"和"广陈皮"。味苦、辛，性温。归肺、脾经。

②见《本草纲目》："橘皮，苦能泄、能燥，辛能散，温能和。其治百病，总是取其理气燥湿之功。"

# 167

## 甘蔗①

华夏种蔗千年甜，
貌禾茎粗垄上沿。
厚土肥适深耕田，
滋养润燥咽喉健，
秆粗棕红绿色颜，
竿蔗断折食蜜甘。
清火肝平驱消痰，②
和胃止渴心烦减。③

人间一方田入眼，
枝叶剑柱插云天。
冰霜尽头沁心坦，
节节状竹风雨担，
味沁肺脾蕴胃肠，
逢遇风露骨节甜。

**注释**

①禾本科植物甘蔗的茎秆入药。别名干蔗、接肠草、竿蔗、糖梗等。性寒，味甘。归肺、脾、胃经。具有清热生津，润燥和中，解毒等功效。最早记载见印度的《吠陀经》和中国的《楚辞》。

②见清·叶桂《本草再新》："和中清火，平肝健脾，生津止渴，治吐泻、疟、痢，解疮火诸毒。"

③见清·陈士铎《本草新编》："世人皆以为性热，不敢多食。不知甘蔗甘平而兼微寒，能泻火热，润燥之妙品也。"

**168**

草莓①

鲜红嫩果肉心形，
多汁酸甜色郁莹。
瘦果嵌生花托座，
解毒平肝脾胃清。
滋阴护胃体液平，
食欲提振消化灵。
助力明目止渴果，
延缓衰老容颜晶。②
轻叶万绿点点红，
密覆垄上丛丛婷。
红脸喜面蔓无穷，
不慕大树自峥嵘。
颜娇明媚啖口浓，
时时青蜂陪伴情。

**注释**

①蔷薇科植物草莓的果实。药食同源，味甘、微酸，性凉。入脾、胃、肺经。具有止渴，健胃消食等功效。别名红莓、杨莓、地莓等。

②草莓中富含胡萝卜素与维生素A可明目养肝。其中膳食纤维能促进胃肠道蠕动，有利于消化、防便秘。

171

# 169 林檎①

小枝粗壮柔毛密，
老来紫褐无毛衣。
果扁球黄深红容，
顶凹底陷清香逸，
金红水蜜黑林檎，
皆艳色味美名迷②。
甜酸和中解渴泥，
下气宽胸生津蜜。
金色樱红林丛挂，
微雨濯枝花红依。
东风买断秋寂寂，
芳心风光自旖旎。
莺歌共赏轻手采，
梦里妖饶望花忆。

**注释**

①蔷薇科苹果属植物花红的果实入药。味酸、甘，性温。归入胃、大肠经。别名花红果、沙果、五色林檎等。具有下气宽胸，生津止渴，和中止痛等功效。

②见《本草纲目》："林檎，即柰之小而圆者。其味酢者，即楸子也。其类有金林檎、红林檎、水林檎、蜜林檎、黑林檎，皆以色味立名。"

## 汉果①

藤蔓攀附立杆影，
雌雄异株叶心形。
夏花秋果金不换，
果瓢海绵棕色莹。
种子扁圆微凹陷，
果球扁平气甜净。
利咽润肠解暑渴，
清肺化痰咳嗽停。

果肉甘甜营养高，
罗汉之乡果神星。②
珍宝滋味煮汤饮，
莫道梦中追梦萦。
修得神仙立成佛，
遇见皆是良缘行。③

**注释**

①葫芦科罗汉果属植物罗汉果干燥果实入药。性凉，味甘。归肺、大肠经。具有清肺利咽，化痰止咳，润肠通便等功效。别名罗汉果、神仙果、金不换和寿星等。

②汉果的中药名一般叫罗汉果，俗名胖大海，享有"东方神果"美誉。桂林市永福县龙江乡，1995 年被中国农业部评为"中国罗汉果之乡"。

③汉果的果肉甘甜独特，营养价值高，清香可口，被誉为"神仙果"。

# 171

## 皂荚①

荫绿冬夏迎风抗，
荚果扁状剑鞘长。
紫棕黑被灰粉霜，
种子隆起基狭广。
扁椭圆棕光滑异，
辛辣肥厚紫褐隆。
杀虫散结立大功，
祛咳散风九窍通。

十月天清祥云踩，
悬枝皂荚除垢埃。
岭村张娘柴门开，
皂荚树荫犬吠来。
每月三日踏河过，
待见日日乐入怀。②

**注释**

①豆科植物皂荚的果实或不育果实入药。性温，味辛、咸。归肺、肝、胃、大肠经。具有祛痰止咳，开窍通闭，杀虫散结等功效。别称皂角、长皂荚、乌犀等。

②作者所在的南阳医专助力官坡岭村帮扶户85岁张大娘的家门口，挺立一棵壮实的皂荚树，成为乡村振兴、家国祥和的一道风景。

## 172

### 牵牛 ①

河谷园边路宅旁，

喜暖耐暑惧寒霜。

太阳一出喇叭放，

春种夏秋溢花坊。

颜蓝绯红桃紫红，

果卵球形香药箱。②

去痰除虫泻水利，

气逆喘咳通腹胀。

半月升起浅浅貌，③

绕蔓东墙倚娇柔。

仰望人间晴晴花，

晓来阳起未晚愁。

河溪流涧映绿纱，

萦怀风抱驻春秋。

**注释**

　①旋花科牵牛属一年生缠绕草本。种子入药，多用黑丑。性寒，味苦。归肺、肾、大肠经。别名朝颜、碗公花、牵牛花、勤娘子等。

　②牵牛花一般在春天播种，夏秋开花，品种多，花的颜色有蓝、绯红、桃红、紫等。果实卵球形，亦可入药。

　③种子（牵牛子）苦，寒。有毒。用于水肿胀满，二便不通，痰饮积聚，气逆喘咳等。

**173**

槟榔①

乔木数米高立直，
雌雄同株环叶质。
花序分枝子房圆，
种实长卵若球痴。
杀虫通滞泻疟痢，
胃肠顺气消积滞，
利水治肿脚气溜，
早春花果收获时。②

烟雨无忧花开雅，
风过印痕如意芳。
不烦君愁适量饮，
悠悠我心走四方。
清新离俗云浮动，
解饥怀香四溢淌。

**注释**

①棕榈科槟榔属干燥成熟种子入药。别名槟榔子、大腹子、宾门、橄榄子等。性温，味苦、辛。归肺、大肠经。原产于马来西亚，亚洲热带地区广泛栽培。

②槟榔是重要的中药材，南方一些少数民族将果实作为一种咀嚼嗜好品。具有杀虫，消积，行气，利水，截疟的功能。主治虫积腹痛，积滞泻痢等疾病。

**174 杏仁**①

降气平喘润肠通，
促进循环皮肤容。
减轻体重有益健，
苦甜杏仁两相用。
钙磷铁硒微元素，
延缓衰老调血功。
补脑益智提体力，
饮食化妆医药重。②

明前风至巷陌行，
杏子枝上长情长。
日高十里望归期，
莺莺燕燕穿翠唱。
唯盼杏子肥金黄，
麦垅拂香蜻蜓翔。

**注释**

①蔷薇科落叶乔木植物杏或山杏种子。甜杏仁，性平，偏于滋润及养护肺气，润肠通便功效较苦杏仁明显。苦杏仁，性属苦泄，善降气，入肺、大肠，具止咳通便功能。性味苦，微温；有小毒。归肺、大肠经。

②中药杏仁是一种缓泻剂，也是治疗皮肤病擦伤油膏的重要原料。

**175**

## 益智①

株高十尺茎出葱，
花蕾全包藏帽中。
皮薄有韧子团紧，
蒴果鲜球干锤钟。
果实益脾理胃气，②
补肾虚寒泄泻通，
汤煮汁饮五福临，
阴湿林植海南种。
二月花开迎新早，
益智树结仙果连。
聪慧敏睿状元果，
体魄强健退病恹。
矢志不渝取经归，
信仰不灭刻心间。③

**注释**

①姜科山姜属多年生草本植物。别名益智仁、益智子。味辛苦，性热。入脾，肾经。始载《本草拾遗》："益智出昆仑及交趾国，今岭南州群往往有之。"

②果实入药，益脾胃，理元气，补肾虚滑沥的功用。因能益智、强智，使人聪明，故称益智仁。

③见《西游记》第三十六回，唐僧吟诗："自从益智登山盟，王不留行送出城……防己一身如竹沥，茴香何日拜朝廷？"该诗选用了益智、王不留行等九味中药。药名益智喻指唐僧受命西天取经的坚定信念。

## 176 银杏①

冠荫降温寿绵长，②
秋金行道挺高昂。
姿优美图春夏秀，
幼时皮浅纵裂尚，
叶扇长柄淡无毛，
苍拔灰褐深粗杠。
补肺固肾活筋络，
雌雄异株亭亭长。
图书馆前立银杏，
两大鸟窝藏风情。③
仰首苍穹竞高楼，
凌寒卧叶有心境，
日月同辉各西东，
何惧秋冬飘黄零。

**注释**

①银杏科、银杏属植物。别名白果、公孙树、鸭脚子等。银杏叶性平，味甘、涩、苦。归心、肺经。银杏为稀有树种，中国特产，仅浙江天目山有野生树种。见《本草纲目·果部》："白果，鸭脚子。原生江南，叶似鸭掌，因名鸭脚。宋初始入贡，改呼银杏，因其形似小杏而核色白也。"

②系中国四大长寿观赏树种（松、柏、槐、银杏）之一。

③作者所在的南阳医专仲景西区图书馆门前两棵雌雄银杏树直冲云天，各有一大鸟窝挂在树干正中，成为校园九大自然风景之一。

**177**

**刀豆**①

豆荚状刀冠其名，
三月种下藤蔓萦。
叶似豇豆叶子长，
五六月开花紫莹。
秋季采收成熟果，
剥种晒子备入经。
消暑解闷增食欲，
益肾补元助虚停。②

子叶黄白色油润，
气微味淡闻豆腥。
肉厚味鲜炒煮健，
嫩荚菜肴质地平。
俏貌飞蛾投火燃，
远似皂荚挂窗棂。③

**注释**

①豆科植物刀豆干燥成熟种子。味甘，性温。归胃、肾经。见《本草纲目·卷二十四》："温中下气，利肠胃，止呃逆，益肾补元。"

②归胃经温中、降气、止呃。入肾经温肾助阳。

③按照中国传统饮食文化，既是食品又是中药材的即为食药物质。在使用中须辨证施治。

# 178

## 莨菪①

草植苗茎三尺长，
地黄红蓝叶同祥。
花开紫色四月天，
五月结实幼榴状。
子细青白貌米粒，
留名天仙子流芳。
粘性腺毛全身淌，
解痉安挛定神强。②
粼粼白水清气翔，
浮悬九山夏荫凉。
纷纷柳柔随风下，
疫瘟渐远见朝阳。
最大月亮莫孤赏，
携伴唱晚同悠扬。③

**注释**

①茄科、天仙子属植物。别名天仙子、横唐、牙痛子等。见《中国药典》："天仙子苦、辛，温；有大毒。归心、胃、肝经。解痉止痛，安神定喘。"

②莨菪的叶、根、花、种子均可入药，具镇痛解痉之功效；主治胃肠痉挛、胃腹痛、神经痛、咳嗽、哮喘等。见《本经》："莨菪性寒，后人多云大热。"

③指 2022 年 6 月 14 日夜空中的"超级月亮"。喻天人同在的地球生存。

**179**

## 香榧①

乔木常青灰绿莹，
针形叶子种壳硬。
四月花期十月成，
叶嫩若鳞三角形。
橄榄核仁白黄肉，②
红杉纹直贵实名。
滑肠通便强食欲，
滋燥杀虫五痔停。③

榧在山野寿长强，
人志此木怀远乡。
思母福寿奉上品，
德润来生满贤良。
初见落叶向斜阳，
相忆无痕榧子香。

### 注释

①别名中国榧，红豆杉目红豆杉科、榧树属常绿乔木种子入药。中国原产树种。味甘、涩，性平。归大肠、胃、肺经。果实"香榧子"，营养价值高。

②见《尔雅》："结实大小如枣，其核长于橄榄，核有尖者不尖者，无棱而壳薄，其仁黄白色可生啖。"

③榧子主治杀虫消积，润燥。见南朝陶弘景《本草经集注》："榧。味甘，主治五痔，去三虫，蛊毒，鬼疰。生永昌。今出东阳诸郡。"

## 180 巴豆①

灌木绿嫩枝疏离，
星状柔毛叶卵质。
半圆巴豆半弦月，
篱笆巷顶爬墙倚。
藤蔓牵绕根厚土，
春阳紫红花朵奇。
泻水痰湿通胀滞，②
咽喉气畅不伤逸。③

二娘水塘养鹅池，
筑台护堤巴豆依。
自古高谈非正理，
如今低吟鲜常义，④
地头阳光迎日暖，
树梢谷田盼豆丽。

**注释**

①巴豆为大戟科巴豆属植物巴豆树的干燥成熟果实。种果、根及叶均可药用。别名双眼龙、猛子树、八百力、芒子等。

②巴豆味辛性热，有毒性，入膀胱经、大肠经。有助于治寒结便秘、腹水等。

③见《本草拾遗》："主症癖，疝气，痞满，腹内积聚，冷气血块，宿食不消，痰饮吐水。"

④有文字记载以来，纸上谈兵、高谈阔论者并非大道真义。有时，真理往往掌握在少数人手里。

181

沙苑①

岸坡向阳耐旱屏，
主根圆柱茎卧平。
荚果膨胀狭长形，
实熟开裂采连茎。
补肾固精养肝目，
长服生肌瘦体轻。
永乐脂凝肃宗贡，②
延寿焕发身心明。③
全株绿肥饲料旺，
晒拣杂质晾干净。
根系水土质优良，
立秋鸣蝉扰神经。
布衣人家皂角洗，
江河笛声润草清。

**注释**

　①豆科植物扁茎黄芪或华黄芪的种子。别称沙苑子和潼蒺藜等。见《古今医案》："白蒺藜一名旱草，能通人身真阳，解心经火郁。"

　②沙苑性温，味甘；入肝、肾经。见《本草纲目》："久服长肌肉、明目、轻身。"

　③传说唐玄宗之女永乐公主自幼多病，因安史之乱流落到陕西沙苑一带。永乐公主以沙苑子为茶常服不辍，病患去，肤若凝脂。后沙苑一带广种，作为进贡品。

## 182 决明①

农庄灌木长山中，
腊肠仔树直立涌，
小勺瓣膜蕊弯钩，
清肝明目通便泑。②
血压头痛眩晕停，
秋花瓣黄亮彤彤，
澄明乡野不迷蒙，
决明顺生随大同。③
花黄满树寒中俏，
从容自若风生笑。
金色年华吹又生，
奇缘凌舞再飞跃，
默默清气暗香到，
无畏冬寒伴梅闹。

**注释**

①双子叶植物纲蔷薇目豆科决明属植物。草决明的药用部位是种子，味苦，性微寒。别名草决明、羊明、还瞳子、假绿豆、羊角豆等。

②决明子有清肝、明目、通便之功能，用于头痛眩晕，大便秘结等症。见《神农本草经》："治青盲，目淫肤赤白膜，眼赤痛，泪出，久服益精光。"

③决明子是水土保持的好材料，任何沟坡土壤之地，均可随性生长。

**183**

## 青葙①

旱田杂草株无毛，
茎直分枝叶矩傲，②
花被淡红有光亮，
全草嫩叶蔬菜要。
清热利湿降压益，
肝火目赤去风骚。③
丰饶大地馈赠高，
丘峦自然风华茂。
花语真爱情谊长，
夏秋坚守不变样，
朴实无畏扎根定，
岸边傲燃苋花香。
莫愁岁月无知己，
辛勤饱满自立强。

**注释**

①苋科青葙属植物。味苦，性寒；归肝、膀胱经。别名姜蒿、百日红、鸡冠苋等。主邪气，皮肤中热，风搔，身痒，杀三虫。一名青蒿，另一名姜蒿。

②一年生草本，全株无毛；茎直立，有分枝。叶矩圆状披针形至披针形。见《名医》："生道傍，三月三日采茎叶，阴干，五月六日，采子。"用于肝热目赤，眼生翳膜，视物昏花，肝火眩晕。

③种子入药主治目赤肿痛，障翳，高血压，皮肤风热瘙痒等。祛风热，清肝火。

**184**

苘麻①

路旁荒田山野行，
茎皮纤维织麻绳。
长枝直发叶心型、
花黄皮质强韧性。
磨盘模样冬葵子，
润滑利尿通乳盈。②
制皂油漆润滑油，
低谷旺生软绒莹。

白腹枝枝见寻常，
秋高气爽映斜阳。
弥漫埂洼草木长，
谁家煮豆风中香，
满眼庄稼尽入画，
苘光麻籽醉农乡。③

**注释**

①锦葵科苘（qǐng）麻属一年生亚灌木草本。味苦，性平。归脾、肾经。最早记载见于《诗经》《周礼》。中国是麻的故乡，有苘麻、黄麻、白麻等类型，古代的苘麻是必备的河工材料，堵塞决口有桩木、芦苇、苘麻等。苘麻全身是宝，具一定的药用价值。

②苘麻种子"冬葵子"，见《本草纲目》："葵，气味俱薄，淡滑为阳，故能利窍通乳，消肿滑胎也，其根叶与子，功用相同。便大便，消水气，滑胎，治痢。"

③种子含油量15% ~ 16%，供制皂、油漆和工业用润滑油。见明·宋应星《天工开物·夏服》："又有苘麻一种，成本甚粗，最粗者以充丧服。"

# 185

曼陀①

天外气色映满江。
蜜蜂哏语采花忙，
恰好玉女眺望巷。
碧绿茎杆亭亭扬，
粉红笑掬泛容光。
纷叶丛中渺云翔，③
通灵花使魔力强。
惊痫寒哮顽痹除，
止咳平喘顽痰恙。
麻沸散中花逞强，②
别有味道莫乱尝。
全株有毒醉神经，
山坡草宅依院墙。
光照充足温暖旺，

**注释**

①属茄科曼陀罗属一年生草本植物。别名曼陀罗花、洋金花、曼达、醉心花、狗核桃等。其叶、花、籽均可入药，味辛性温，有大毒。

②关于曼陀罗的毒性，在民间一直有说法：曼陀罗是"麻沸散"的主要原料之一。

③曼陀罗药用价值很高，可治疗哮喘、惊痫、风湿痹病等病症。花瓣、叶和籽用于镇咳、镇痛。

186

芥子①

十字花科芥黄白，
夏末秋初果熟采。
植株晒干打收种，
除杂质皮薄脆掰。
气微味辛通经络，
化痰止咳平喘唉。
温肺肿消利气息，
胀痛疼止散结开。②

手不释卷斗室住，
头小亦装万卷书。
扇画横空观雅俗，
一叶知秋见云舒。
生如芥子容须弥，
心若尘微藏万物。③

**注释**

①十字花科植物白芥或芥的性温，味辛。干燥成熟种子。芥子一般使用芥子饮片。性温，味辛。归肺经。具有温肺豁痰利气，散结通络止痛的功效。

②芥子用于寒痰咳嗽，胸胁胀痛，痰滞经络等。见《本草纲目·卷二十六》："利气豁痰，除寒暖中，散肿止痛，治咳嗽反胃，痹木脚气，筋骨腰节诸痛。"

③佛语是指芥子虽微小可容下巨大的须弥山。喻万物之间没有绝对的大小关系。

# 187

## 葶苈①

五月花开田野旁，
分枝柔细毛茎芳。
白菜油菜花相像，
芸薹菜花科不同样。②
总状花序瓣初黄，
种子椭圆色褐状。
破坚逐邪泻肺浊，
祛痰平喘消肿伤。③
万物自古逢秋悲，
仰观北斗七星泣。
立志花语有鼓励，
勇气加身受教益。
春风吹生雪梅妍，
花开满山客游逸。④

**注释**

①十字花科葶苈属一年或二年生草本植物，种子入药。别名辣辣根、白花草、剪子股等。味辛、苦，性寒。归肺、心、肝、胃、膀胱经。

②白菜、油菜为芸薹（tái）科，与葶苈十字花科不同科，但样貌有相同点。

③葶苈有泻肺降气，祛痰平喘，利水消肿等功效。见《神农本草经》："葶苈味辛寒。主症瘕积聚、结气……破坚。生平泽及田野。"

④葶苈花语是"勇气"。

**188**

**木鳖**①

山林沟沿小路旁，
野生坡道大方躺。
藤木草质多年旺，
喜温和暖向阳光。
根膨块状茎棱长，
纵卷须壮叶对望。
消肿散结祛毒疮，
痈病疡痛调醋搪。②

藜杖晃悠遛前山，
一路小径见炊烟。
肉红盛夏开怀畅，
煮熬汤饮品甘甜。
秋月无痕光华放，
鸣蝉水寒唱流年。③

**注释**

　　①葫芦科植物木鳖干燥成熟种子入药。味苦、微甘，性凉。有毒。归肝、脾、胃经。别名木蟹、土木鳖、木鳖瓜等。

　　②木鳖子具有散结消肿，攻毒疗疮之效，常用于疮疡肿毒，乳痈，瘰疬等治疗。外用适量，研末，用油或醋调涂患处。

　　③木鳖果成熟切开后，可看到鲜红色的假种皮包裹着种子。果肉汤饮药用价值高，冠称"来自天堂的水果"。

189

枳椇①

枝种褐黑色紫萦，
顶腋生出花两性。
叶若蒲柳珊瑚子，
材细质硬木良形。
序轴肥丰酒糖制，
解毒利尿风湿停。②
叶圆夏花枝头实，
霜黄嚼醋味蜜晶。③
蜂蝶不见何千愁，
独立寒江散一醉。
霜雪经年雾气重，
白草郊野软金贵。
冰冻水浅不自觉，
乐在山深抱春归。

注释

①鼠李科枳椇属高大乔木。别名拐枣、鸡爪树、金果梨、金钩子、木珊瑚等，亦作"枳柜"。性平，味甘。入脾、胃经。

②最早见《唐本草》："止渴除烦，润五脏，利大小便，去膈上热，功用如蜜。"其种子、木质入药，有清热、利尿、解酒毒之功效。

③见明·李时珍《本草纲目·果三·枳椇》："枳椇木高三四丈。叶圆大如桑柘，夏日开花，枝头结实，如鸡爪形，嫩时青色，经霜乃黄，嚼之味甘如蜜。"

**190**

## 芦巴①

田间路旁野生倚，
株香气微茎直立。
种子长圆凹凸棕，
叶柄平展叶卵奇。
嫩茎叶蔬菜食进，
粉蒸添香丹田益。②
温肾助阳散骨寒，
暖冷除湿护肾利。③

旖旎无限又晚秋，
安命立身白河洲。
阳起雾消观水近，
荷花深处见小舟。
风飘万里长空去，
云层叠处望雨稠。

**注释**

①豆科胡卢巴属一年生草本植物，高达80厘米。味苦，性温，归肝、肾经。别名又称胡芦巴、胡巴、胡巴子等。

②芦巴的茎、叶或种子可以晒干磨粉，掺入面粉中蒸食可作增香剂。

③芦巴子可入药，具有温肾助阳、温经止痛，散筋骨湿寒的功效。见《本草纲目》："治冷气疝瘕，寒湿脚气；益右肾，暖丹田。"

# 191

## 解蠡①

山野阴谷挺溪涧，
草本须根粗秆见。
茎叶枯黄玉仁晶，②
筛除杂物晒烤间。
利湿健脾身益轻，
除痹筋骨屈伸正，
护胃筋骨屈伸正，③
消渴肿去味甘寒。④

远离世风居幽檐，
鹅扭鸭摆池塘满。
向晚夕阳西塘下，
甑薏米香逍遥安，
细饮一盅汤酿酣，
草木岁月恬静欢。

**注释**

①禾本科植物薏苡的种仁。别名芑实、莩米、起英、赣米等。仁根甘淡、微寒，归胰腺经、肺经、肾经。

②见《本草纲目》："其叶似蠡实叶而解散。故名解蠡。"

③见《神农本草经》："主筋急拘挛，不可屈伸，风湿痹，下气。久服轻身益气。其根下三虫，一名解蠡。"

④见《本草拾遗》："主不饥，温气，轻身。煮汁饮之，主消渴，煞蛔虫，根煮服堕胎。"

194

## 192

### 马钱①

骨青淡薄气若仙。

瘦肥伯仲自轻便。

蔬笋瓜果媲美鲜。

子叶心形叶脉条，

六月烈炎泄伤寒，③

形如马钱微味苦，

跌伤痹症顽痛断。②

散结消肿通络痛，

辐射四周光泽川，

密被灰棕绿绢茸，

纽扣双面鼓圆板。

冬采圆盘种子晒，

浆果球黄绿白颜，

绿乔叶对卵椭圆，

**注释**

①马钱科植物马钱的干燥成熟种子入药。味苦，性温。有大毒。归肝、脾经。别名番木鳖、苦实、马前子、方八等。

②③见《本草纲目·草七·番木鳖》："主治伤寒热病，咽喉痹痛，消痞块。并含之咽汁，或磨水噙咽。""状似马之连钱，故名马钱。"

**193**

见愁①

半山背阴神草探，
树高叶稠浓荫伴。
果硬剖开子叶盘，
椭圆黑滑橙黄淡。
皮色灰褐嫩绿梢，
清垢去污喉痹弹。②
旧俗童子佩戴醋，
悬于门楣鬼魅拦。

院前无患避灾难，
佛照魔除万年安。③
天涯明月路匆匆，
星河恍然入浩瀚。
经年老友谁尚在，
往事如烟江河散。

**注释**

①无患子科无患子属落叶乔木，始载见《本草拾遗》。性寒，味苦、辛。归入心、肺经。别名无患子、肥珠子等。

②见《本草纲目·木二·无患子》："俗名为鬼见愁。""浣垢，去面黯。喉痹，研纳喉中，立开。"

③佛家以无患子木制的木棒可以除魔杀鬼，故得名"无患""鬼见愁"。

**194**

## 栝楼①

藤本根柱黄褐圆，
茎粗分枝白柔展。
四月生苗蔓延长，
甜瓜叶形细毛添。
七月开出葫芦花，
花下果实拳青脸。
味甘性润滑肠气，
热咳温肺清化痰。②

根直下生数尺莽，
生时青瓜熟柿黄。
只在傍晚花盛放，
茎生藤满果溢香，
白冠裂边流苏翔。
清俗飘逸气质阳。③

**注释**

①葫芦科栝楼属多年生攀缘草本果、皮及种子入药。味甘、微苦，性寒。归肺、胃、大肠经。别名果裸、地楼、泽巨等。

②始见《神农本草经》中品，"主消渴，身热，烦满大热，补虚安中，通月水。消肿毒瘀血，及热狂。"根、果实、果皮和种子为传统的中药"天花粉、栝楼、栝楼皮和栝楼子"，根有清热生津、解毒消肿功效。

③见《诗经·豳风·东山》："果嬴之实，亦施于宇；伊威在室，蟏蛸在户。"果嬴（luǒ）即栝楼，根茎蔓生，果可食。

**195**

## 珙桐①

乔木树皮深灰裸，
幼枝圆柱冬芽硕。
卵鳞覆瓦列排队，
叶片阔圆亮绿烁。
核果长卵黄斑落，
果实除皮清热惑。
痈肿疮毒治涂抹，
止血止泻立功获。
子遗植物千万年，
花白绫丽奇特娑。
一树飞鸽满枝头，②
深山云雾池溪座。
叶大如桑风中舞，
和平大使化气浊。③

**注释**

①蓝果树科植物落叶乔木珙桐的果实入
药。性温，味甘、涩。归肝、肾经。收敛固涩。
别名鸽子花、水梨子等，有"植物活化石""绿
色大熊猫"之称。

②珙桐盛开的花朵如展翅欲飞的白鸽，
又称"鸽子花""中国鸽子树"。

③珙桐为世界著名的珍贵观赏树，常植
于池畔、溪旁等附近，有象征和平的意义。

## 196 花生①

草本根瘤茎匍立，
枝棱被棕黄毛披。
双羽互生小叶圆，
花冠蝶形花黄衣。
荚果串珠蚕茧形，
种子内藏多粒奇。
健脾和胃化痰气，
抗衰长生果寿益。②

家娘半亩风光田，
暮春播种粒粒甜。
细嚼玉仁红心健，
秋后雨润旺容颜。
长情朴实枚枚笑，
荚麻善意串串连。

**注释**

①豆科植物落花生的种子，药食同源。味甘，性平。归脾、肺经。别名落地松、地果、落花参等。

②见《本经逢原》："长生果，能健脾胃，饮食难消者宜之。"

199

**197**

覆盆①

灌木刺满叶状掌，
小枝顶端花单长。
夏果绿黄采收忙，
核果聚合圆锥样，
背面密被灰白茸，
腹突棱线网纹彰。
固精缩尿利肝益，
补肾气足明目亮。

荒径后院醒红珠，
红若玛瑙坠刺丛。
树莓压枝倒悬钩，
益智神奇童蒙通。
菁华珍味无敌手，
三味深情百草中。②

**注释**

　①蔷薇科悬钩子属植物华东覆盆子的干燥种果入药。性温，味甘、酸。归肝、肾、膀胱经。具有益肾固精缩尿，养肝明目等功效。别名覆盆子、小托盘、绒毛悬钩子、野莓等。见《神农本草经》："蓬藟，味酸平，安五脏，益精气长阴，令坚强志，倍力有子，久服轻身不老。"蓬藟，即覆盖。

　②见鲁迅《百草园与三味书屋》："如果不怕刺，还可以摘到覆盆子，像小珊瑚珠攒成的小球，又酸又甜，色味都比桑葚要好得远。"

## 198 梧桐①

梧桐千年风景异，
皮青平滑叶心奇。
蓇葖果膜花淡黄，
种子球形绉纹寄。
喜光肥湿润沙壤，
挺拔冠优饮露粒。
根皮叶清热毒祛，
利水消肿见功力。
择木而栖有青玉，
仲春碧梧花累丽。
百花比艳无人睬，
不期定有凤凰倚。②
云冠枝茂三月逸，
蝶蜂厅前知音迷。③

**注释**

①锦葵科梧桐属落叶乔木梧桐全身是宝。皮：性凉，味苦。叶、种子：性平，味甘。别名青桐、碧梧、青玉等，是中国有诗文记载最早著名的树种之一。

②传言神兽凤凰栖于梧桐。见《诗经》："凤凰鸣矣，于彼高冈。梧桐生矣，于彼朝阳。"见《晋书·苻坚载记》："坚以凤凰非梧桐不栖，非竹实不食，乃植桐竹数十万株于阿房城以待之。"

③宋朝之后，人们喜欢在自己庭院中种植梧桐造景，见《齐民要术》："明年三月中，移植于厅斋之前，华净妍雅，极为可爱。"

199

绿豆①

株翠茎矮禾青颜，
羽状复托叶盾安。
种子淡绿黄褐晶，
夏初花萌秋果连。
籽粒遮光芽发速，
娇瓣嫩蔬佳肴醋。②
清凉明目痈肿丹，
利水消暑解渴烦。③

河岸踩青春过半，
风和柳长蜂蝶衍。
露重云低秋千牵，
双燕归家窗下檐。
夏饮绿汤度炎天，
手持银针穿引线。

**注释**

①豆科豇豆属植物绿豆的种子入药。味甘，性凉。归心、胃经。别称青小豆、菉豆、植豆等。

②绿豆食用，亦可提取淀粉，制作豆沙、粉丝等。净置流水，可遮光发芽，制成芽菜。

③见《开宝本草》："主丹毒烦热，风疹，热气奔豚，生研绞汁服。亦煮食，消肿下气，压热解毒。"

四

节气行运

200

# 大寒①

迷糊迷茫迷雾团,
浓稠浓重浓烈乱。
鼓腔鼓座鼓击擂,
肃杀冬势勿续断。
寒来飘扬轮经断,
社树演化有稷冠,
绎为华表列招展,
旗帜肇节必归还。
寒风有约定如至,
神圣凡俗旗鼓暖。
寒气缥缈有粥饭,
闻金进退闻鼓贯。
画鼓警鼓社鼓炫,
喧天动鼓将士欢。②

**注释**

①大寒是中国二十四节气的最后一个节气,大寒时节是指小寒过后15天,天气严寒,预示着最寒冷的时期就要到来,中国民间有喝腊八粥的风俗。日期在每年农历1月19—21日。

②闻鼓而进,闻金而退:成语用来形容军队服从命令,行动一致,出自《荀子》。

大寒

## 201 立春①

自然偶成多少年，
吕律回春驻人间。
君住长江头留白，
侬在长江边红颜。
绿染一片春波荡，
烟火轻浮孕育瓣。
水暖鸭知不参差，
草木已知春在前。
远帆东风轻拂面，
夕阳西照江水涟。
其来不知万千里，
长江不见东流沿。
暂停叹息闻猿喘，
春长挽水渡天堑。

**注释**

　　①立春，又名立春节、正月节、岁节、改岁、岁旦等，二十四节气之首。立，是"开始"之意；春，代表温暖、生长。节气初始依据"斗转星移"制定，当北斗七星的斗柄指向寅位时为立春。干支纪元，以立春为岁首，乃万物起始、一切更生之义，意味着新的一个轮回开启。

立春

**202**

## 雨水①

水田雨量始容多，
气温回升雪消融。
越冬植物返青生，
春耕春播春种中。
雨水三候草木萌，
数九七九破冰动。②
草木随阳气升空，
抽嫩吐绿呈繁荣。
花信准时三花开，③
南北油菜次第金。
长空万里鸿雁翔，
飘海北归向京津。④
卧枕春夜听喜雨，
明早随娘绣花襟。

**注释**

①雨水是二十四节气中的第二个节气，降水开始，雨量逐渐增多。

②古代雨水分三候："一候獭祭鱼；二候鸿雁来；三候草木萌动。"雨水处在数九的"七九"中，河水破冰，大雁北归。

③见《荆楚岁时记》记载雨水花信：一候菜花、二候杏花、三候李花。花开准时即为三候报信。

④春回大地，草木生动，雨水节后鸿雁归来。

雨水

**203**

# 惊蛰①

春雷未闪见出地，
春桃花芳已四溢。
仲春开启繁华萌，
黄鹂梢枝翠柳立。
林间百鸟旋出巢，
布谷软语伴鹰呓。
万物自然显情痴，
晨唤雷醒卧龙起。
嫩片片片联串生机，②
草青青院外雨丝。
年岁清闲揽兴废，
味余花房嚼春葸。
野阔风吹甜煮蜜，
草木寒暄任春依。

**注释**

①惊蛰：又名"启蛰"，是中国二十四节气中第三个节气。"春雷惊百虫"指惊蛰时节，春雷始鸣，惊醒蛰伏于地下越冬的蛰虫。

②惊蛰节气的标志性特征是春雷乍动、万物生机萌动。

惊蛰

204

# 春分①

昼夜均等寒暑茂，
原高缤纷盼春到。
光有大道位北移，
柳青草长菜花妖。
茅屋树摇燕筑巢，
隔离深深院慢跑耗。
和风吹来细雨长，
护花次第过春潮。
晴日素裹色中分，
无绪多情王孙吵。
元鸟旋飞高楼下，
兔跳蛙叫艳阳照。
春分万物早明晓，
蜂蝶嬉闹任逍遥。

春分

**注释**

　　①春分：二十四节气之一，春季的第四个节气。春分时节，太阳直射点在赤道上，这一天时间白天黑夜平分，各为 12 小时；三春中平分了春季，古时又称为"日中""日夜分""仲春之月"。

## 205

### 清明①

非独有先贤在前，
寒食紧后浮流年。
心绪史事多变换，
泪怜向隅纵横念。
背母树下留忠骨，
后人故事传唱先。
相遇独处喧哗来，
忙碌外留下青天。
羞愧时就去红脸，
真正留恋坠遗憾。
颠覆情惑不改变，
有趣灵验经历难，
不求山外云柳闲，
留给吾辈思无边。

清明

**注释**

①清明：又称踏青节，祭祖节，节期在仲春与暮春之交。清明节是中国传统的重大春祭节日，扫墓祭祀，缅怀祖先，是中华民族数千年以来的优良传统。

**206**

## 谷雨①

嫩苞秀色一壶冲。
向勤双双觅花冢，
深梦酣别心无窘。
袖手逸立不老童，
待趁谷雨清流涌。
时怜饱食半百过，
樱桃满坠枝弯弓。
麻雀小嘴喙头低，
大道人心问天公。
无策解救春归去，
槐花香饼蚁进盅。
花气浓疏香翱翔，
任尔萧萧执甲功。
阳光和雨不争宠，

谷雨

**注释**

①谷雨：二十四节气之第六个节气，《月令七十二候集解》中说："三月中，自雨水后，土膏脉动，今又雨其谷于水也—盖谷以此时播种，自上而下也。"故此得名。

207

立夏①

昨夜卧听风雷妖，
唤来首夏暑来扫。
迷离静安待明朝，
携带三新祭祖庙。
于蛙鸣处起雨暴，
满地残枝翩翩搔。
更无消愁何地找，
引蝶招蜂花事吵。

少年青春千里外，
兴旺家国寄后浪。
淋雨清朗杏院香，
江山如画心荡漾。
云飘雨后绿波罩，
何争窈窕自向阳。

**注释**

　　①立夏，二十四节气中的第七个节气。见《历书》："斗指东南，维为立夏，万物至此皆长大，故名立夏也。"《礼记·月令》篇，解释立夏："蝼蝈鸣，蚯蚓出，王瓜生，苦菜秀。"在此时节，蝼蝈开始聒噪着夏日的来临，蚯蚓忙着帮农民们翻松泥土，乡间田埂的野菜都在彼此日日攀长。

立夏

## 208 小满①

一觉眠眠春梦伴，
华夏清早小满返。
麦梢头黄闪金亮，
顷刻灿烂粮船槛。
风曳花椒籽青繁，
晨观柿槐蔽河滩。
亿万红颜羞惭笑，
且留桩子垛，
田间麦倒桩子垛，
皓月无畏山水安。
时节循环祈丰年，
夏收籽满稞良善，
自然听蛙唱跳欢，
百草起舞报福酣。

**注释**

①小满：二十四节气之第八个节气。小满和雨水、谷雨、小雪、大雪等一样，是直接反映降水的节气。小满反映了降雨量大的气候特征，"小满小满，江河渐满"。

**209**

芒种①

珍珠滉润进庄塘，
芒种田畴农耕忙。
北方麦收饭正香，
地大南方植谷芒。
民农为基食为天，
寅时收割种正当。
上阵父子一派遑，
背对太阳翻热浪。
平生务农勤且苦，
连收带种繁华扛。
四季地里挥汗郎，
土豆洋葱抱腹尝。
饮食肝胃始清凉，
后稷积善厚农桑。

芒种

**注释**

①芒种：又名"忙种"，是二十四节气之第九个节气。芒种，是"有芒之谷类作物可种"的意思。农谚有说："斗指巳为芒种，此时可种有芒之谷，过此即失效，故名芒种也。"

213

# 210 夏至①

那时少年纯青颜，
初到宛城折柳牵。
一晃齿发落了线，
此守家乡四十年。
白河罕见成大观，
独山夏至沉入眠。
复是新节再回归，
南阳浸润谱新篇。②

日新慨然节气变，
游鱼河面水花溅。
绿波夏影白昼长，
千柳万荷避伏天。
发奋思变斗志坚，
躬耕大道归来雁。③

**注释**

①夏至是二十四节气之一。夏至阴气始生，阳气开始衰退。夏至后的月余时间内气温仍持续升高，一般是最热的天气了。

②2021 年 5 月 12 日，习近平总书记回南阳视察，强调了传承发展祖国中医药文化，南水北调水脉民兴国昌的价值。南阳发展进入提质增效新阶段，此年，南阳入选全国文明城市。

③见诸葛亮《前出师表》首句"臣本布衣，躬耕南阳"。此喻在耕耘的道路上，抱守忠诚报国，实事求是，刚贞不阿之心无愧。

夏至

# 211

## 小暑①

盛夏暑热有美容，
满眼绿荫槿华荣。
热烫万物心驻风，
骤雨初歇晚来送。
小暑养生尤重要，
润燥下火莲藕冲。②
风里热浪鹰高翔，
蟋蟀藏屋墙角中。③
白茶绿茶清茶莹，
冰浆仙液入心动。④
时闻蝉声鸣梦至，
雨来电闪云架虹。
池莲生香花沁怀，
似水流年不附庸。

**注释**

①小暑，二十四节气之第十一个节气，夏天的第五个节气，表示夏季之始。

②很多地方有民俗"小暑吃藕"，因藕开胃，适合夏天食用。

③见《诗经·七月》写蟋蟀的字句："七月在野，八月在宇，九月在户，十月蟋蟀入我床下。"八月即夏历六月，即小暑节气。

④诗人苏东坡把西瓜叫作"冰浆仙液"，入腹后清彻心扉。

小暑

**212**

## 大暑①

酷热不过大小暑，
喜热植物生长速。
日照温高旱少雨，
避暑三伏不可忽。
茶姜香伏饮上品，
五谷丰结多美图，
何处消暑寻清风，
独隅向晚有书徒。②

枕籍躺平浮沉去，
白露为霜深梦萦。③
醒来分外惜光阴，
静坐听书闻蝉鸣。
晃晃蒲扇心神定，
且陪清茶周身轻。

**注释**

①大暑：二十四节气之一，夏季最后一个节气。在每年公历 7 月 22 日、23 日之间，大暑表示天气炎热至极。

②大暑节气有晒伏姜、喝伏茶、烧伏香、送"大暑船"等民间习俗。

③指作者枕书入眠，任自己大暑天恬恬做梦，一下深梦到了白露时节。

大暑

213

立秋①

古传立秋三候名，
四时八节土地庆。②

禾谷成熟秋始开，
凉风白露寒蝉鸣。

暑去寒意仍伏虎，
层层碧空清秋过，

长夏秋雨到霜凝，
雨洒千家品菊茗。

月凉吹进万户侯，
无垠星空思绪明。

四季岁月轮回流，
晓来梦君心安宁。

天涯海角报秋迟，③
渐闻秋声醉秋酪。④

**注释**

①立秋：二十四节气之第十三个节气，秋季的开始，禾谷成熟。据《月令七十二候集解》："秋，揫也，物于此而揫敛也。"立秋是夏秋之交的重要节气。一候凉风至。温变而凉气始肃也。二候白露降。雨后天气下降茫茫而白，尚未凝露，曰白露降。三候寒蝉鸣。感阴而鸣的寒蝉"知了"叫不停。

②四时八节：四时指春、夏、秋、冬。八节指立春、春分、立夏、夏至、立秋、秋分、立冬、冬至。泛指全年各节气。成语见《周髀算经》卷下："凡为八节二十四气。"赵爽注："二至者，寒暑之极；二分者，阴阳之和；四立者，生长收藏之始；是为八节。"

③天涯海角：海南三亚市区天涯镇下马岭山下，沙滩上立两石，分别刻"天涯"和"海角"，意为天之边缘，海之尽头。意喻美好愿望终于实现。当秋从东北起达"天涯海角"时，已至新年元旦。

④秋酪：天意渐凉，人们和秋天一起酩酊大醉于大自然的怀抱。

立秋

**214**

## 处暑①

夏媚热藏迎秋醒，
时值暑节放酷晴。②
迢迢银汉自南北，
寒蝉怀抱高枝鸣。
南来金风迎玉露，
携云带雨疾启明。
芳华未留春草梦，
滴滴秋水洗梧莹。

秋雨一场凉一重，
斗转星移季明清。
蓄锐养精益延年，
滋阴润肺正当行。
早睡早起贵有道，③
再听天籁守宁静。④

### 注释

①处暑：二十四节气之第十四个节气，见《月令七十二候集解》："处，去也，暑气至此而止矣。"表示炎热酷暑结束，三伏已过或接近尾声，在每年的 8 月 22—24 日。

②民谚有云：三伏里面夹一（立）秋，立秋过后的酷热天气俗称"秋老虎"。

③见《黄帝内经》云："早卧早起，与鸡俱兴。"

④天籁：自然的声音，指不借任何人力而产生的声音。见《庄子·齐物论》："地籁则众窍是已，人籁则比竹是已，敢问天籁？"

处暑

**215**

白露①

池浊荷满花不扬，
云淡风正雁南翔。
万里浓秋露为霜，②
赤橙黄绿霞光强。
洁白无瑕人人爱，
诗经至今歌念想。
登高处处有风情，
遍城桂花闻香酿。

五谷丰登迎君归，
一年最是收成高。
晴空风起气清爽，
日月同皎纤云找。③
八月精神甚可人，
杏园无华岁未老。

**注释**

①见《月令七十二候集解》"白露"："水土湿气凝而为露，秋属金，金色白，白者露之色，而气始寒也。"见《孝纬经》："处暑后十五日为白露，阴气渐重，露凝而白也。"二十四节气之第十五个节气。

②见《白露为霜》，唐朝诗人颜粲的作品之一。此句出自《诗经·秦风·蒹葭》。

③见秦观《鹊桥仙》有"纤云弄巧"句段。

白露

216
秋分①

史载周朝朝祭月浓，
南北耕作有异同。
秋意渐凉蝉无声，
半夜风雨寒加重。
菊黄蟹肥桂飘香，
北方种麦人攒动。
若逢节气白云悠，
江南处处稻秧种。
中国农民丰收节，②
秋耕牛勤不违农。
芝麻核桃糯米莹，
良宵清润温和用。
天淡露霜月牙静，
阖家老幼修厚躬。③

注释

①秋分：二十四节气之第十六个节气。是传统"祭月节"。见《月令七十二候集解》："八月中……解见春分"。"分"表示昼夜平分，同春分一样，此日太阳直射地球赤道，昼夜相等。秋分在秋季90天中间，寓"平分秋色"。

②经国务院批准，自2018年起，每年秋分日设立为"中国农民丰收节"。

③见《论语·卫灵公》"躬自厚而薄责于人"，即多责备自己，少责备别人。

220

# 寒露①

秋风乍起叶先落，
甘淡滋秋润燥通。
冷意渐渐淅雨潇潇，
起霜深浓云远涌。
霜寒露来凉气多，
孤意深深秋当珍重。②
河边喧喧落晖下，
残阳漠漠浸水中。
日出日落循天走，
月白露莹霜自凝。
依水菊金色怒容，
鸿雁赏枫情相映。③
露清撩秋翠烟繁，
远山放筝见鱼鹰。

**注释**

①寒露：二十四节气之第十七个节气，属于秋季的第五个节气。

②寒露时节，气候渐寒冷，气温逐日下降。民众在饮食调理上应适当多食甘、淡、滋润的食物，可预防"秋燥"伤人。

③古人将寒露分为三候：一候鸿雁来宾；二候雀入大水为蛤；三候菊有黄华。寒露传统习俗主要有赏枫叶、吃芝麻、吃螃蟹、饮秋茶等。

218

## 霜降①

天降霜清冷了秋，
气肃凝露结霜英。
自此天地凛凛然，
渐寒静穆穿窗棂。
左右深秋有对流，
临冬寒冻亦热茗。②
时光如沙洗天颜，
温润流年香艾萦。

煮壶老茶身舒畅，
人生从容向晚晴。
林田叶枯树落黄，
虫伏蜇洞不出庭。③
冬季拳拳更近人，
节来更替谁拦停。

**注释**

①霜降：二十四节气之第十八个节气，中国古代将霜降分为三候：一候豺祭兽；二候草木黄落；三候蜇虫咸俯。豺狼开始捕获猎物，以兽而祭天报本也。

②霜降一般从 10 月下旬至 11 月上旬，由于干冷空气逐渐一统天下，带有夏季和初秋特征的许多天气退出，天气相对更简单。

③田野荒凉，树叶都枯黄掉落；动物藏在洞中不动不食进入冬眠状态。

## 219

## 立冬①

远古冬终纳万物，②
秋丰庄稼藏池盅。
露娜月白恍如雪，
菊怒梅香念想重。
柳叶未黄薄棉裹，
落地月影映墙中。
倍思游子加衣裳，
福绵延年情深同。

沉寂哲思又一冬，
验视心宁静远省。
冷霜欲冰正读书，
情志隐伏细顾凝。
洁净无为守清修，
厚积形动致航行。

注释

①立冬：二十四节气之第十九个节气。在古代中国是民间"四时八节"之一，一般要举行祭祀活动。民间以立冬为冬季始，有进补过严冬，南方吃鸡鸭鱼、北方吃饺子的食俗。

②见《月令七十二候集解》"冬"："冬，终也，万物收藏也。"意为秋季作物全部收晒藏入库，动物准备冬眠。

立冬

**220**

## 小雪①

降雪小起轮回至，
北风始吹院里来。
温趋零度势必然，
雪花飘零不大开。
阴下阳升地不融，
万物失机闭堵塞，
空气散漫阴冷暗，
光照抑郁宜温采。②

屋前一枝梅独放。
雪含留香盖月白。
躬耕桥下冰已结，
白河两岸人常在，
月明独山光泛影，
自有松子雪里埋。③

**注释**

①小雪：二十四节气之第二十个节气，每年公历 11 月 22 日或 23 日。中国古代将小雪分为三候："一候虹藏不见；二候天气上升地气下降；三候闭塞而成冬。"

②小雪时节阴气下降，阳气升，而致天地不通，阴阳不交，万物失去生机，天地闭塞而转入严冬。

③独山（位于南阳，盛产独山玉）在月朗光照下散发光芒，其因内含美玉，无际雪地里自有松子果实等待生机发芽。此喻顺应天地万物发展规律且发奋进取的精神。

小雪

# 大雪①

大雪时节夜冷长，
寒号鸟儿不叫嚷。
阴气盛极阳升动，
花始萌盛新芽放。②
大雪封河不翻山，
赏雪进补民俗忙。
家家户户腌卤货，
招风迎年向朝阳。
冰天雪地练雪仗，
堆些雪人布营防。
昼短夜长望冬至，
回看白日踏雪赏。
登山望烽成云烟，
霞光万里沃野长。③

**注释**

①大雪：二十四节气之第二十一个节气，冬季第三个节气，每年的 12 月 7 日前后。大雪节气表示降大雪的起始时间和雪量程度，和小雪、雨水、谷雨等节气一样，是直接反映降水的节气，且意味着农历新年即将到来。中国古人将大雪分为三候：一候鹖鴠（hé dàn）不鸣；二候虎始交；三候荔挺出。

②大雪阴气最盛，阳气已有所萌动，据说马兰花也能感受到阳气萌动而抽放新芽。

③登山远眺，烽火台及昔日被戏诸侯已成历史云烟，沃土万顷迎接日光。此喻身为人民教师，接力文化强国，立德树人的意志。

大雪

222

冬至①

北昼最短夜深长，
正午太阳捉迷藏。②
阴盛衰至阳气萌，
天寒地冻不运常。
四时更替冬至时，③
窗前子影读书郎。
记否前朝煤点灯，
鬓前眨眼华发昂。
日月不惊又报岁，
时光无锁日子催。
一年轮回再复位，
天涯回眸守时归。
今朝不觉天寒冻，
南甜北饺风俗围。④

**注释**

①冬至：二十四节气之第二十二个节气。见《恪遵宪度抄本》："阴极之至，阳气始生，日南至，日短之至，日影长至，故曰冬至。"

②冬至日太阳直射南回归线，北半球昼最短、夜最长。早在春秋时代，中国就已经用土圭观测太阳，测定出冬至，它是二十四节气中最早制订出的一个，时间在每年的公历12月21日至23日。

③阴阳转化构成了自然界与人体的平衡与和谐。冬至三候：一候蚯蚓结；二候麋角解；三候水泉动。

④在民间，冬至节气有贺冬、拜冬等习俗，广泛流传着冬至北方吃饺子，南方吃甜食的习俗。

冬至

223

小寒①

二九寒小向大寒，
小寒望雪兆丰产。
风物三候雁飞还，
瘦梅先发蕊报瓣。
柔华恰好满院灿，
忽至微雨小寒漫。
天时不会负人间，
一梦清丽落小寒。②
无聊休言子愚贤，
家教耕读且忌满。
月淡万里清经卷，
风笑声谈谋良善。③
飘零问礼文明传，
人生七十朱颜念。

**注释**

①小寒：二十四节气之第二十三个节气。冷气积久而寒，小寒是天气寒冷但还没有到极点的意思，它与大寒、小暑、大暑及处暑一样，都是表示气温冷暖变化的节气。见《月令七十二候集解》："月初寒尚小……月半则大矣。"小寒三候，第一候雁北乡，第二候鹊始巢，第三候雉始鸲。

②天时不会辜负人间万物，一觉睡醒，小寒已近在眼前。

③月光照万里，读书积成卷。任风中笑谈教育使人善良，喻指人民教师百年树人，使人作善的初心使命。

小寒

# 参考文献

［1］国家药典委员会.中华人民共和国药典：2020年版.一部［M］.北京：中国医药科技出版社，2020.

［2］国家药典委员会.中华人民共和国药典临床用药须知.中药饮片卷［M］.北京：中国医药科技出版社，2017.

［3］李时珍.本草纲目［M］.北京：中国言实出版社，2012.

［4］余传隆，黄正明，修成娟，等.中国临床药物大辞典.中药饮片卷［M］.北京：中国医药科技出版社，2018.

［5］南京中医药大学，赵国平，戴慎，等.中药大辞典［M］.上海：上海科学技术出版社，2006.

［6］王建，张冰.临床中药学［M］.北京：人民卫生出版社，2016.

［7］周祯祥，唐德才.临床中药学［M］.北京：人民卫生出版社，2016.

［8］张廷模.临床中药学［M］.上海：上海科学技术出版社，2012.

［9］钟赣生.中药学［M］.北京：中国中医药出版社，2016.

［10］颜正华.中药学［M］.北京：人民卫生出版社，2006.

［11］邱德文.中华本草［M］.北京：中医古籍出版社，2006.

［12］冉先德.中华药海［M］.哈尔滨：哈尔滨出版社，1993.

［13］徐国钧.中国药材学［M］.北京：中国医药科技出版社，1996.

［14］胥庆华.中药药对大全［M］.北京：中国中医药出版社，1996.

［15］高学敏，白玉，王淳.药性歌括四百味白话解［M］.北京：人民卫生出版社，2013.

［16］张浩.药用植物学.［M］.6版.北京：人民卫生出版社，2011.

［17］高学敏.药性赋白话解［M］.3版.北京：人民卫生出版社，2012.

［18］龚千锋.中药炮制学［M］.10版.北京：中国中医药出版社，2016.

［19］康延国.中药鉴定学［M］.北京：中国中医药出版社，2016.

［20］叶定江，张世臣.中药炮制学［M］.北京：人民卫生出版社，1999.

［21］（明）李时珍.本草纲目［M］.北京：中国文史出版社，2003.

［22］徐国钧，王强.精编中草药原色图谱（精）［M］.福州：福建科技出版社，2014.

［23］谭树辉，黄海波.中草药野外识别手册［M］.广州：广东科技出版社，2004.

［24］中国药品生物制品检定所.中国中药材真伪鉴别图典［M］.3版.广州：广东科技出版社，2011.

［25］黄红中.中药材饮片鉴别与应用图谱（上册）［M］.广州：广东科技出版社，2014.

［26］孙思邈，孙思邈原，高文柱.药王千金方［M］.北京：华夏出版社，2004.

［27］谭兴贵.中医药膳学［M］.北京：中国中医药出版社，2003.

［28］谢鸣.方剂学［M］.3版.北京：人民卫生出版社，2016.

［29］林镕，陈艺林.中国植物志（第七十四卷）［M］.北京：科学出版社，1985：73-295.

［30］谢梦洲，朱天民.中医药膳学［M］.3版.北京：中国中医药出版社，2016.

［31］付彦荣.野花图鉴［M］.南京：江苏凤凰科学技术出版社，2017.

［32］国家中医药管理局"中华本草"编委会.中华本草［M］.上海：上海科学技术出版社，1999.

［33］中科院"中国植物志"编辑委员会.中国植物志［M］.北京：科学出版社，2013.

［34］吴皓，李飞.中药炮制学［M］.2版.北京：中国中医药出版社，2016.

［35］（清）张璐.本经逢原［M］.北京：中国中医药出版社，2007.

［36］王国强.全国中草药汇编［M］.北京：人民卫生出版社，2014.

［37］易磊．精编本草纲目　白话精译精装版．［M］．上海：上海科学技术文献出版社，2013.

［38］吕斌．诗经［M］．广州：暨南大学出版社，2003.

［39］（西晋）张华，撰．博物志［M］．沈阳：万卷出版公司，2019.

［40］（梁）陶弘景，撰．名医别录［M］．北京：中国中医药出版社，2013.

［41］（明）周一梧．明万历潞安府志［M］．北京：中华书局，2014.

［42］（战国）荀子．荀子［M］．北京：中国工人出版社，2009.

［43］（宋）祝穆，撰．方舆胜览［M］．北京：中华书局，2003.

［44］（汉）郑玄，注．周礼［M］．北京：北京图书馆出版社，2005.

［45］（明）缪希雍．神农本草经疏［M］．北京：中国医药科技出版社，2011.

［46］（梁）陶弘景，注．本草经集注［M］．上海：群联出版社，1955.

［47］（宋）杨倓，撰．杨氏家藏方［M］．上海：上海科学技术出版社，2014.

［48］（明）兰茂，著．滇南本草［M］．昆明：云南大学出版社，2017.

［49］（春秋）孔子及其弟子，著．论语［M］．北京：北京联合出版公司，2014.

［50］（清）吴仪洛．本草从新［M］．北京：中国中医药出版社，2012.

［51］（明）吴承恩．西游记［M］．北京：人民文学出版社，1955.

［52］（汉）张仲景，著．伤寒论［M］．北京：中华书局，2022.

［53］（宋）卢多逊．开宝本草［M］．合肥：安徽科学技术出版社，1998.

［54］（明）宋应星．天工开物［M］．北京：中华书局，2021.

［55］（北魏）贾思勰．齐民要术［M］．北京：中华书局，2015.

［56］吴玉刚．古诗词鉴赏［M］．南京：江苏凤凰美术出版社，2016.

［57］鲁迅．朝花夕拾［M］．北京：人民教育出版社，2017.

［58］徐可．论《五臧山经》中神奇植物的神力来源［J］．青年文学家，2019（30）：53，55.

［59］张云.《九歌·山鬼》祈雨风俗考论［J］.荆楚学刊，2020，21（5）：13-18.

［60］陈鑫鑫，陈楚文.管窥中国香草文化中杜若的意象［J］.建筑与文化，2017（6）：35-36.

［61］黄婷.《草木春秋演义》研究［D］.南京：南京师范大学，2016.

［62］张晓敏.中药临床合理用药安全性分析［J］.医药卫生：文摘版，2022（11）.

［63］孙昱，刘德文，文海若.从FDA食品追溯到中药材追溯的思考［J］.中国实验方剂学杂志，2021，27（17）：8.

［64］赵维良，依泽，黄琴伟，等.《中国药典》2020年版中药材基原修订探赜［J］.中国中药杂志，2021，46（10）：6.

［65］张勤帅，刘沅龙，刘灵芝，等.2020年版《中国药典》成方制剂未收载中药材和饮片问题研究［J］.中成药，2023，45（2）：6.

［66］魏锋，程显隆，荆文光，等.中药材及饮片质量标准研究有关问题思考［J］.中国药学杂志，2022，57（18）：11.

［67］张晓朦，萨日娜，张冰，等.中华中医药学会《中成药临床应用说明》技术规范［J］.中国中药杂志，2021，46（17）：6.

［68］萨日娜，张晓朦，张冰，等.基于中成药说明书【注意事项】完善的临床药学服务策略［J］.北京中医药大学学报，2022，45（10）：5.

［69］闫占峰，孔令博，王景尚，等.中医药临床优势病种的探索与认识——中华中医药学会临床优势病种研讨系列青年沙龙［J］.中国实验方剂学杂志，2023，29（1）：7.

［70］吴燕燕，吴国清，张蓝，等.基于古籍中医药思维探讨中药临床处方审核思路［J］.中国现代应用药学，2023，40（4）：6.